三姉妹、ふしぎな旅日記

三姉妹探偵団20

赤川次郎

KODANSHA NOVELS

講談社ノベルス

ブックデザイン＝熊谷博人
カバーデザイン＝斉藤　昭
（Veia）
カバー＆本文イラスト＝鯰江光二

三姉妹、ふしぎな旅日記——目次

プロローグ

ミュンヘンは輝いていた。

マリーエン広場は、観光客で埋っている。

もうじき正午になると、市庁舎の尖塔《せんとう》にある仕掛け時計が動き出して、いくつもの人形の行進が始まるのだ。

「――ま、大した仕掛けじゃないんですがね」

長く、このミュンヘンに住んで、今は日本人観光客のガイドをして暮している八木原《やぎはら》はいつも説明の後にそう付け加える。

実際、ディズニーランドのような、ハイテク技術で動く巧妙な人形たちを見慣れている人々の目には、このミュンヘンの仕掛け時計など、子供騙《だま》しに見えかねない。

現に、「これだけ?」と、八木原に不満を口にする観光客も少なくないのである。

しかし、何といっても、これは古いものだし、そのぎこちなさが、却《かえ》って味わい深いものになっている、と――八木原は思うのだが。

それでも、八木原はいつも予防線を張っておく。長いガイドの経験から来た「知恵」である。

正午まで、あと五分。

マリーエン広場には、続々と観光客が集まって来る。一体どこにこんなに大勢の観光客がいたのか、と首をかしげるくらいだ。

むろん、日本人ばかりではない、アメリカ人も、フランス人も、そしてドイツ国内の旅行客もいる。

ガイドの腕前は、このマリーエン広場にちょうど正午少し前に着くように、客を案内できるかどうかで評価される。

満足してもしなくても、ここはミュンヘンのシンボルなのである。

「——ここからでも見えますよ」

ほとんど中年のおばさんたちばかり、十人ほどのツアーである。

ワイワイやりながらカメラを取り出す。

八木原は少し離れて、その光景を眺めていた。

ポンと肩を叩かれて振り向く。

「やあ、ハンナ」

ガイド仲間の見慣れた顔があった。

「今日はどこのグループだい?」

と、八木原は訊《き》いた。

ドイツ語で訊いたのである。

「今日はアメリカ人」

と、ハンナ・加藤《かとう》は言った。「どこへ行っても、コーラばっかり飲んでるわ」

ハンナは日本人の夫と、このミュンヘンに住んでいる。日本にも十年以上いたことがあり、日本語ができるので、ドイツ人、日本人、それに英語でアメリカ人のツアーもガイドできる。

もう五十八歳の八木原からは、十歳以上若いハンナだが、髪が白いので、少し老けて見える。

「雨にならなくて良かったわ」

と、ハンナは少し曇った空を見上げた。

「この後は?」

「ニュンフェンブルク城。ヤギは?」

ハンナは八木原のことを、「ヤギ」と呼ぶ。

「アルテ・ピナコテークだ。また足が棒になるよ」

ミュンヘンの代表的な美術館だ。

「でも日本人は絵が好きね。アメリカ人は中を回らないで絵ハガキだけ買ってすませてもいいくらいよ、きっと」

「しかし、ほとんど一日おきに通ってるからね」

「正午だわ」

と、ハンナが言った。

ヒョロリと長身で、八木原より十センチ以上高い。

時計台の鐘が広場に鳴り渡った。

早速、ビデオカメラを塔へ向ける観光客。

色々おしゃべりしていた人たちも、一斉《いっせい》に話をやめて、塔を見上げる。

八木原は、いつだったか、この仕掛時計の仕掛が動かなかったときのことを思い出していた。

正午が来て、鐘は鳴るのに、人形が一向に姿を現わさなかったのだ。大勢の観光客が、今か今かと見上げていたが、五分たち、十分たっても人形は現われない。

八木原は年中見ているので、初めからおかしいと気付いた。急いでレストランへ飛び込み、市庁舎へ電話を入れると、

「今日は修理のために動かない」

という返事。

「どうして、どこかへ貼紙でもしといてくれないんだ!」

と、つい八木原は文句を言ったが、

「それは私の仕事ではない」

と、けんもほろろ。

仕方なく広場へ戻って、空《むな》しく待ち続ける人たちに、

「今日は人形が休暇だそうです」

と告げた。

ツアー客の中からは、

「どうして前もって調べておかないんだ！」

という怒りの声もあったが、八木原はただひたすら謝るしかなかった。

しかし――今日は大丈夫。

人形たちが現われると、ワーッと歓声や拍手が起きた。

アメリカ人は、もともと「楽しもう！」という気持に溢《あふ》れているので、ちょっとしたことでも拍手したりする。

ドイツ人は、腕組みして、

「あの動きはぎこちない」

などと論評している。

日本人は、ひたすら無言でカメラを向けている……。


そんな小さなこと一つでも、どこか「国民性」が出るのが愉快である。

――人形の行進は、華やかな鐘と共に十分も続く。

ずっと見上げていた人たちも、しまいには首が疲れてやめてしまったりする。

「――OK、これで一つ終りだ」

八木原はハンナの方を振り向いて、「もう昼食は終ったのか？」

と訊いたが――。

「ハンナ？」

今までそこに立っていたハンナがいない。

「キャッ！」

誰かが声を上げた。「危いわ！　こんな所で寝て……」

ハンナは石畳の上に倒れていた。

「ハンナ！」

八木原が駆け寄って、抱き起した。

「どうした？」

ドイツ語で訊いて来たのは、同じガイド仲間のドイツ人男性である。

「分らない。救急車を呼んでくれ」

「分った。ハンナか」

「うん、今まで話を——」

八木原は言葉を切った。

抱え起した手がヌルッと滑《すべ》った。

「血だ……」

ハンナはもう息絶《た》えていた。——背中が血で濡《ぬ》れている。

「誰がやったんだ？」

見回しても、観光客が視界を遮《さえぎ》っている。

「——すぐ救急車が来るぞ」

と、ドイツ人ガイドが戻って来た。

「むだだ。死んでるよ」

「死んでる？」

「背中を刺されてるらしい」

「何だって？」

「悪いが、もう一度連絡してくれ。警察へ。これは殺人だ」

と、八木原は言った。

「分った。——何てことだ」

ドイツ人ガイドがもう一度駆け出して行く。

「——ちゃんとビデオに撮ったわ！」

「本当に写ってる？」

「ちゃんと、レンズのキャップ外した？」

八木原が同行しているグループの女性たちが、にぎやかにおしゃべりしながらやって来る。

「——あら、どうしたの？」

「申しわけありません。同業のガイドなんですが、けがをしていまして……」

八木原は、「死んでしまって」とは言えなかった。

「恐れ入りますが、さっきのカフェで少しお待ちいただけますか」

幸い、このおばさんばかりのグループには、「誰がけがしようと、関係ないでしょ!」と言い出すような観光客はいなかった。

素直に、カフェに戻って行く。

そうか。——ハンナの連れていたアメリカ人たちもいるわけだ。

しかし、どのグループだろう? 向うから捜しに来てくれるといいのだが……。

八木原は、やっと事の重大さを実感していた。

ハンナ。——どうして彼女が殺されるのだ? 八木原は、ハンナの夫もよく知っている。何と言えばいいのだろう。

ふと、誰かが傍《かたわら》に立っているのに気付いた。

見上げると、日本人の少女だ。

「その方、亡《な》くなってるんですか」

と、その少女は落ちついた口調で言った。

「うん……。僕の知り合いのガイドでね」

「刺されたんですね」

八木原はびっくりして、

「どうして知ってるんだい?」

と訊いたが、少女は答えず、

「今、ここにいた人もガイドですか」

「ドイツ人の? ああ。ルドルフといって、やはりガイドだ。今、警察に知らせに——。ああ、戻って来た」

すると、その少女が早口で、

「あの人、日本語は分ります?」

「いや、彼はドイツ語と英語だけだよ」

「今、警察が来る」

と、ルドルフは言った。

「すまん。このハンナの案内していたアメリカ人のグループを捜《さが》してくれないか。大方、向うもガイドがいなくなって、その辺で立ち往生してると思う」

八木原の言葉に、ルドルフは、

「分った。ほとんどのツアーは、あの時計塔を見たらすぐどこかへ回る。取り残されて目立つだろう」

「見付けてやってくれ。頼む」

「任せてくれ」

ルドルフが離れて行くと、

「――どうしたんですか？」

と、少女が訊いた。

八木原が説明すると、少女は肯《うなず》いた。

「じゃ、戻って来ますね、ルドルフって人」

「ああ、もちろん。しかし君は……」

どう見ても十六、七だろう。見たところ、利発そうな、ごく普通の少女だが。

「聞いて下さい」

少女は、八木原のそばにかがみ込んで言った。

「その女の人を刺したのは、今のルドルフっていう人です」

八木原は呆気《あっけ》に取られたが、

「――そんな馬鹿な！」

「見たんです、私」

と、少女が静かに言った。「時計が鳴り始めて、みんなが塔を見上げると、あのルドルフって人が、その女の人の背後へ回りました。その動きが不自然だったので、私、じっと目で追ってたんです」

「しかし……ルドルフは、何年も前からのガイドで……」

「そういうことは分りません。でも、私、確かに見ました。ルドルフっていう人が、その女の人を背後から刺したんです」

八木原にはとても信じられなかった。しかし、その少女の冷静な話し方には、説得力があった。

「あの人は、刺したナイフを、手にさげてる鞄《かばん》の中へ入れました」

と、少女は続けた。「もし、どこかでナイフを処分したとしても、鞄の中に血痕《けっこん》は残っているはずです」

「――分った。ありがとう」

ルドルフが戻って来た。

「見付けたよ！　呑気《のんき》そうなアメリカ人だ。そのカフェに入ってる」

「ありがとう、ルドルフ」

ルドルフが少女を見て、

「その子は？　どうかしたのか？」

と訊く。

「いや、何でもない」

八木原は適当な話をでっち上げることができなかった。あまりに事は重大だ。

ハンナ……。

すでに彼女の顔からは生気が失われ、流れ出た血は、石畳の溝《みぞ》を伝って広がって行く。

八木原は少女の方を振り向いた。

――十五分後、駆けつけた警官は、八木原の言葉で、ルドルフの鞄の中を調べ、血のついたナイフを発見。その場でルドルフを逮捕した。

――八木原の手には、

「もし、何か連絡の必要があれば」

と、あの少女に渡されたメモがあった。

〈佐々《ささ》本夕里子《もとゆりこ》〉か。

殺人現場を目撃しても少しも動揺しない、ふしぎな子だ。
八木原は、メモをていねいにたたんで手帳の間に挟《はさ》んだ……。

1　訪問

「行ってらっしゃい！」

と、夕里子が手を振った。

「おみやげ買って来てね！」

と、珠美《たまみ》が大声で言ったので、見送りの人たちの中に笑い声が上った。

「ちょっと！　みっともない」

と、綾子《あやこ》が珠美をにらむ。

その間に、佐々本家の三人姉妹の父親は、ボディーチェックをすませて、搭乗口へと消えて行った。


「――いつも暮れっていうと出張だ」

と、珠美が文句を言った。「これで家庭崩壊したら、お父さんの会社を訴《うった》えてやる」

「仕方ないでしょ。お父さんだって、好きで海外へ出張してるわけじゃないわよ」

綾子は長女として、父親の立場を代弁しなくてはならないと思っている。

「それより、私の心配は、お父さんの出張中にまた何か事件が起るんじゃないかってことよ」

次女の夕里子が言って、「――夕ご飯、どこかで食べて行こうか」

「何か、デジャ・ヴュっていうのかな。この場面、前にもあったね」

珠美が言った。「突然私たちの前を歩いてた旅行客がトランクごとバタッと倒れて、仰向《あおむ》けにすると、胸には銃弾の跡が……」

「やめてよ。そうじゃなくたって、私たちは事件につきまとわれてるのに」

綾子はうんざりという顔で、「長女として、お父さんの留守中は、三人の安全は私の責任なんだからね」


——成田空港の出発ロビー。

十二月に入って、既《すで》に綾子の通う大学は冬休み、夕里子も高校二年生二学期の期末試験は終って、気分は冬休みだった。

三女珠美は？　中学三年生ではそう遊んでもいられないはずだが、末っ子らしく生来の呑気さ。むろん、とっくに気持は「休みモード」に切り換っている。

父親がヨーロッパへ出張。それ自体は珍しくないにせよ、この三人が、「留守番中」にあれこれ災難に見舞われることが多いのは事実である。


三人は電車のホームへと下りて行く。

「——私たちも、ヨーロッパで年越ししたいね」

と、珠美が言った。

「珍しいこと言うじゃない。ヨーロッパは高いわよ」

「もちろん、荷物室に隠れて行くのよ」

「零下《れいか》何十度になるのよ。凍死するよ」

「じゃ、ファーストクラス」

「極端だ」

三人がエスカレーターで電車のホームへ下りて行く。

長いエスカレーターだった。

暮れといっても、まだ会社は休みに入らない。成田空港はそう混雑していなかった。

「夏休みだって、ミュンヘンであんな事件に出くわすし」

と、綾子がグチっていると――。

「危い！」

三人の頭上から声がした。正確には後方斜め上と言うべきか。

振り返った夕里子は、大きなトランクが、ガタンガタンと音をたてながらエスカレーターを転り落ちて来るのを見て、目をみはった。

「ぶつかる！」

と、夕里子は叫んだ。「脇へどいて！」

「こんな狭い所で、どうやって？」

と、綾子は訊いた。

珠美は身も軽い。ベルトにつかまって、パッと上りのエスカレーターとの間の金属の斜面部分へ飛び上った。

「お姉さん！」

夕里子は、綾子に珠美のような真似ができるわけはないと分っていた。仕方ない。

夕里子は姉に抱きつくようにして、思い切り体を片側へ押し付けた。

トランクが勢いよく転り落ちて来て――夕里子の後ろをすり抜けて行った。

やった！

夕里子はホッとした。

「お姉さん、大丈夫？」

「大丈夫だけど――」

と、綾子は言った。「女の子に抱きつかれたの、初めて」

トランクは下へ辿《たど》り着いて（？）、その勢いで五、六メートル先まで滑って行って止った。

「すまない！」

持主の男性が、あわてて駆け下りて来る。

「けがはなかった？」

「何ともありませんけど、下手したら大けがするところですよ。気を付けて下さいね」

と、夕里子は言った。

「いや、申しわけない！」

ホームに下りて、三人は、その男がトランクを苦労して立てるのを見ていた。

「重そうなトランク」

と、珠美が言った。「金塊《きんかい》でも入ってるの？」

「よく分るね」

と、男は真顔で言ったが――。

「あの……」

と、夕里子が眉《まゆ》を寄せて、「どこかで……」

「あ！　君、佐々本夕里子君だね！」

と、男が目を見開いて、「ミュンヘンで――」

「あのときの……」

「八木原だ。――いや、びっくりした！」

「奇遇だね」

と、珠美が言った。「記念と、今のお詫《わ》びに私たちに夕食をおごってくれるっていうのはどう？」

「珠美ったら……」

綾子が渋い顔をした。

「君に会って、ぜひお礼が言いたかった」

と、八木原治《おさむ》は言った。

「そんなこといいんです。でも、あの後は？」

と、夕里子が訊いた。

――当然のことながら、珠美の要求は受け容《い》れられ、三姉妹は八木原のおごりでレストランに入っていたのだ。

「うん。ルドルフも凶器がまだ鞄に入ったままだったんで、否定しようがなかったんだろう。すぐ、ハンナを殺したと認めたよ」

「理由というか、動機は分ったんですか?」

「それがね……」

八木原がためらいがちに言った。「ルドルフは〈ネオ・ナチ〉だったんだ」

「〈ネオ・ナチ〉って、ヒトラーの〈ナチス〉を支持してる……」

「今は若者にも、ヒトラーを見直そうという連中が多い。しかし、あのルドルフがね。——今でも、正直なところ信じられない気持だよ」

機内食を食べていた八木原は、三人姉妹がしっかり定食を食べているのを眺めながら、一人コーヒーを飲んでいた。

「ハンナは確かにユダヤ人だった」

と、八木原は言った。「しかし、ハンナが特に政治活動をしていたってことはなかったと思う。ご主人にも後で訊いてみたが、ハンナが狙われる理由など、全く思い当らないと言っていた」

「ふしぎですね」

「うん。しかし、まあ何かあったんだろう。ルドルフの取調べの中で何か分るかもしれない」

と、八木原は言った。「まあ、いずれにしても、ルドルフがやったことには違いないし、夕里子君が教えてくれなかったら、今でもきっと犯人が分らないままだったよ。ありがとう」

「いいえ」

夕里子も多少照れている。

「しかし——こんなことを言っちゃ失礼かもしれないが、殺人の現場を目撃したのに、君は落ちついてたね。あれが僕は今でもふしぎで仕方ないんだ」

「それはちょっと説明が必要ね」

と、珠美が口を挟んだ。「夕里子姉ちゃんの彼氏が、国友《くにとも》さんって刑事でね。私たち三人、こう見えても色々事件に係《かかわ》ってるの」

「珠美、余計なこと――」

「だって、こう言わなきゃ納得できないわよ。ね、八木原さん」

「少し分った気がするよ」

と、八木原は肯いて、「君たちは、なかなかユニークな三人姉妹だね」

「魅力的とか言ってくれない?」

「ああ、そりゃもちろんだ」

と、八木原は急いで言った。

「珠美の言うことに取り合わないで下さい」

と、夕里子が苦笑いした。「八木原さん、どうして日本へ?」

「まあ、里帰りってとこかな。普通はもっと早く帰るんだが、今年はハンナのことがあって、やはり捜査や裁判で、ミュンヘンを留守にするわけにもいかなかったんだ」

「じゃ、お正月は日本で?」

「そのつもりだ。――しかし、空港で君に会えて良かったよ。一番大事な用事がすんでしまった」

食後、三人がしっかりデザートも食べていると、

「日本ではあまり報道されていないだろうけど、ハンナの死はドイツでは大ニュースになってるんだ」

と、八木原が言った。「ハンナがユダヤ人として特別なことをしていたわけでもないのに、〈ネオ・ナチ〉に殺されたというんでね。改めてユダヤ人の団体が抗議運動を始めている」

日本のTVニュースだけ見ていると、海外で何が起っているのか分らない。

「――もちろん、僕がそこまで係り合うわけにいかないがね」

と、八木原は言った。

食事を終え、レストランを出る。

むろん、支払いは八木原がしてくれた。

「――ごちそうになって、すみません」

と、夕里子が礼を言った。

「いや、とんでもない。ちゃんと改めてお礼を言いに寄らせてもらうよ」

八木原は、レストランのレジの所で預ってもらっていたトランクを押して出て来ると、そう言った。

「いつでもいらして下さい」

「ありがとう。――じゃ、僕はタクシーを拾って行く。このトランクがあるからね」

「はい。それじゃ、私たち、ここで」

ちょうど地下鉄の駅の入口が見えていた。

八木原がガラガラとキャスター付きのトランクを押して行く。

うまく空車が来て、八木原がそれを停《と》め、トランクを乗せている。

「――さ、行こう」

と、夕里子が言った。

実際、木枯《こが》らしが寒い。風邪を引きそうだった。

「早く地下へ入ろう」

と、珠美が小走りに急ぐ。

「待ってよ!」

夕里子と綾子が珠美を追って、地下鉄の駅へと階段を下り始めたときだった。

ドカンと爆発音がして、空気が揺れた。

「――何、今の?」

と、珠美が言った。

「火山の噴火かしらね」

と、綾子がのんびりと言う。

「こんな所に火山ないでしょ!」

夕里子が階段を駆け上って、立ちすくんだ。

——たった今、八木原が停めたタクシーが、炎に包まれている。

そして、後部のトランクが吹っ飛んでいた。

「爆弾よ、きっと」

と、夕里子が言った。「八木原さん……」

綾子と珠美も上って来て、その光景に唖然《あぜん》とする。

「——どういうこと?」

珠美が呆気に取られている。

「もしかすると……」

夕里子は呟《つぶや》くように言った。「あのルドルフが逮捕されたのは、八木原さんのおかげでしょ。八木原さんを恨《うら》んでる人間がいたのかも……」

「それじゃ、殺された、ってこと?」

「たぶん……ね」

とても救い出せるような状態ではなかった。


犯人は、八木原がルドルフのことを警官へ話した、とだけ分っている。まさか、そのことを八木原に教えたのが、十七歳の女の子だとは思っていまい。

「——夕里子姉ちゃん、大丈夫?」

「何が?」

「狙われない?」

訊かれて、夕里子は詰ったが、

「——大丈夫でしょ。きっと」

そうとしか答えられない。

でも、何が爆発したのか? あのトランク? 空港でチェックも受けているのに……。

「一一〇番したら?」

と、綾子が言った。

「忘れてた! 消防車も呼ばないとね」

夕里子はケータイを取り出した。

「いい加減にしてくれよ」

国友刑事が渋い顔で言った。

夕里子はカチンと来た。

「あら。私たちのせいだって言うの？」

「いや、そうは言わないけど……」

「じゃ、あのミュンヘンでの殺人を、見て見ぬふりすれば良かったの？」

国友は夕里子の肩を抱いて、

「君のしたことは正しい。しかし、僕に話してくれなかったじゃないか」

「だって……。心配かけたくないから」

「それがいけない。何も知らないでいる方が心配だよ」

夕里子は微笑《ほほえ》んだ。

「ごめんなさい。——あなた、忙しそうだったし」

「ああ。分ってる。しかし……」

タクシーは無残に焼けて、まだ白い煙を上げていた。

「ひどいわ」

「うん……。その人——八木原だっけ？　その人だけじゃない。タクシーの運転手も死んだ」

国友は、風の冷たさから夕里子を守ろうとするように、夕里子を強く抱え寄せた。

「目の前で人が死ぬって、いやだな」

と、夕里子は言った。

「夕里子姉ちゃん！」

珠美がやって来て、「寒い所で抱き合ってなくても」

「邪魔よ」

と、夕里子は言い返した。「寒風吹きすさぶ中で、こうしてるのが気持いいの」

　国友が、

「ハクション！」

　とクシャミをした。

「ほら、国友さんに風邪引かせてもいいの？」

「分ったわよ」

　国友は笑って、

「さあ、三人を送って行こう」

　と言った。「ともかく後は任せて。君らはこの事件とは係り合わないことだよ」

「そううまく行く？」

　と、珠美が言った。

　――国友の運転する車で、佐々本家のマンションへ向う。

「でも、あのハンナさんっていう女性ガイドを殺したのがネオ・ナチだとして、誰が日本で八木原さんを殺したの？」

　と、夕里子が助手席で言った。「日本にもその仲間がいるってことなの？」

「いてもおかしくない」

　と、国友が肯く。

「じゃ、私たちも狙われるってこと？」

「だから心配してるんじゃないか。――しかし、君が八木原って人に犯人を教えたことは、公式の記録に残ってないだろう」

「ええ、それは……」

「たぶん、大丈夫じゃないかな。あの人も、君の名は出してないと思う」

「私の名前と住所のメモだけだわ」

「君らと成田で会ったのは偶然なんだから、別れてすぐ殺されたのも偶然だろう」

「そうね……」

夕里子は考え込んだ。

「——何か心配なの？」

「少しね」

夕里子が肯く。「誰かがあのトランクに爆弾を仕掛けたとしたら、あのレストランで預けてる間だと思うの」

「何だって？」

「そうでしょ？　トランクは当然向うを発《た》つときにチェックされてるわけで、八木原さんは成田でそれを受け取って出て来た。その間には、爆弾を仕掛けるのは難しいと思うの」

「確かにね」

「ね？　だとすると、その機会があったのは——あのレストラン」

国友が車のスピードを落とし、道の端《はし》へ寄せて停めた。

「夕里子君。君の言う通りだとすると——」

「あのレストランでも、トランクはレジのカウンターの奥に入れてあったわ」

「そこに、一般の客が勝手に入ることはできない。ということは……」

二人は顔を見合せた。

「あのレストランで働いてる人間が犯人？」

「——そういうことになる」

「戻る？」

「まだ誰かいるはずだ」

国友はケータイを取り出した。

夕里子は後部座席へ、

「ちょっと待ってね。今——」

と言いかけて、やめた。

綾子と珠美の二人は、気持よさげにグーグー眠り込んでいたのだ。

国友は、まだ現場にいた刑事に、レストランの従業員を帰さないように伝えて、車をUターンさせた。

――レストランの前で車を停め、国友と夕里子が急いで中へ入ると、店長の男性が困り果てた表情で腕組みしている。

「――国友さん」

「どうした?」

「今訊いたら、一人、気分が悪いからと言って、帰ったそうです」

「畜生! ――その従業員の住《すま》い、分りますか?」

と、国友が店長に訊いた。

「住所は聞いてますが……」

「教えて下さい」

ファイルを捜すのに少し手間取ったが、住所は割合に近くだった。

「行こう」

二人は車に戻った。

住所を頼りに捜すといっても、夜中である。

それでも何とか二十分ほどで、その従業員のアパートを見付けた。

「――名前は?」

夕里子が郵便受の前で訊く。

「荒木《あらき》。荒木貞男《さだお》だ」

「これだわ。〈205〉。二階ね」

国友が夕里子を抑えて、

「君はここにいろ。抵抗してくるかもしれない」

「でも……」

「いいね」

「分ったわ。気を付けて」

と、夕里子は肯いた。

国友が階段を上って行く。

夕里子はアパートの表に出て、建物の窓を見上げた。

二階建のありふれたアパート。窓を数えると、〈205〉は一番奥だと見当がついた。

明りが消えている。

見ていると、カーテンの奥で明りがついた。国友が玄関のチャイムを鳴らしたのだろう。

夕里子はじっと息を殺して窓を見上げていたが――。

突然、銃声と共に窓ガラスが吹っ飛んだ。

「国友さん！」

夕里子が駆け出す。

続けて銃声が二度、三度、聞こえた。

最初のとは明らかに違う銃声が混っている。相手も銃を持っていたのだ。

夕里子は夢中で階段を駆け上った。

「国友さん！」

国友が廊下へ出て来た。左の腕を押えている。血が流れ落ちていた。

「夕里子君！　奴は飛び下りた」

「え？」

「外だ！」

二人は急いで階段を下りて、外へ飛び出した。

パジャマ姿の男が、片足をひきずりながら逃げて行く。飛び下りたときにいためたのだろう。

「待て！」

国友が叫んだ。「止れ！」

男は必死で逃げようとするが、すぐに追いつけそうだった。

「銃を捨てろ！」

と、国友が言った。

そのとき、暗がりの奥で銃声と共に赤い火が走り、パジャマ姿の男は胸を押えてバタッと倒れた。

「伏せろ!」

国友が夕里子を抱いて、地面に身を伏せた。

二発、三発、暗闇からの発砲《はっぽう》が続き、そして少し間を置いて、車のドアが閉る音。

走り去る車の赤いテールランプだけが、チラッと見えた。

「――逃げた」

「国友さん……。けがしてる!」

「大したことないよ、大丈夫」

国友は、倒れている男の方へ近付いて、かがみ込んだ。「――心臓を一発だ。即死だな」

「こんなことって……」

「この荒木って男も、誰かの指示で動いてたんだろう。――殺してしまったら、却《かえ》ってボロが出るだけさ」

「国友さん。傷の手当を……」

「うん、分ってる」

パトカーが駆けつけて来た。

後の処理もあり、国友は現場に残ることになった。

夕里子は、綾子と珠美を起して、パトカーに乗り換えて行こうとしたが、

「連絡が入ると困るしな。――おい、僕の車を運転して、この子たちを送ってやってくれ」

国友が、若い刑事にキーを渡して言った。

「――何かあったの?」

綾子が半分眠っている状態で言った。

「まあね」

夕里子は、国友の傷が心配だったが、ここは一旦帰宅することにした。

――何か、とんでもないことが起ころうとしてい

る。

「いやな予感がする」

と、夕里子は言った。

「――お腹空いた」

と、珠美が言った。

国友の車は、現場を離れた。

2 衝撃

「すみません」

夕里子は、運転してくれている若い刑事へ言った。

「いえ、構いませんよ。僕は有本《ありもと》といいます。新米で」

と、刑事は言った。「いつもあなたたちのことは国友さんから聞いてます」

車は、夜道を走っていた。

「——何かゴトゴトやってたね」

と、綾子が言った。

「何のこと？」

「いえ……。夕里子と国友さんが出てって、私、ウトウトしてたけど。——車のトランクでゴトゴト音が……」

「本当に？」

「夢かしら」

「頼りないわね」

と、夕里子が苦笑して、「——いやだ、あんなことがあったのに」

大欠伸《おおあくび》が出る。

「もう遅いから当り前ですよ。着いたら起しますから、寝てて下さい」

と、有本刑事が言った。

「でも……申しわけないわ」

と言いつつ、夕里子もフッと眠りに引き込まれていた。

──トランクでゴトゴト音が?

でも──本当に音がしてるわ。

夕里子は夢うつつの中、考えていた。

トランクの中に何か入ってる?

トランクの中……。

そう。八木原さんのタクシーもトランクの中で爆発が起きた。

荒木を撃った犯人が、もしかして車のトランクに何かを……。

ゴトゴト。──音がしている。

危い。危い。

まさか……。

突然、激しい衝撃で夕里子の体は天井《てんじよう》まで飛び上った。

車は横転して、道から外れると、斜面を滑り落ちて行く。

「──お姉さん! 珠美!」

と、夕里子は叫んだ。

「夕里子、危くない?」

「しっかりつかまって!」

と叫ぶより早く、車は水の中へと突っ込んでいた。

「川だ! 沈んじゃう!」

夕里子は、有本がハンドルに突《つ》っ伏《ぷ》して、動かないのに気付いた。

車が水に浸《ひた》され始めた。

「冷たいよ、お姉ちゃん!」

「ドアを開けて! 出るのよ!」

夕里子のいる助手席の側が上を向いていた。夕里子はドアを開けて車の外へ出ると、後部席のドアを開けた。

車は幸い半分水に浸《つか》って止っていた。

「出て！　けがは？」

「大丈夫……」

綾子が這《は》い出して来る。

「珠美！　出られる？」

「水が冷たい」

「我慢して！」

夕里子は、何とか珠美を引張り出した。

「何だったの？」

「分らないけど……。トランクに爆弾が仕掛けてあったのかも」

夕里子は激しく息をついて、「中に刑事さんが……」

そのとき、車がズルズルと流されて動き始めた。

止める間もなかった。

車は流れに呑《の》まれてしまった。


――夕里子はそのときになって、奇妙なことに気付いた。

辺《あた》りが見える。

夜中のはずなのに。

「夕里子」

と、綾子も言った。「――ここ、どこ？」

「分んないわ……」

目の前を、幅の広い川が流れ、車の落ちて来た草地の斜面はずっと続いていた。

これって……。

「ともかく、上の道へ出よう」

何か、とんでもなくふしぎなことが起ったような、そんな気がしていた。

三人は草地を這い上って、やっと上の道へ出た。

深い木立《こだ》ち。――森の中の道だ。

こんな場所が、都内にあるわけがない。

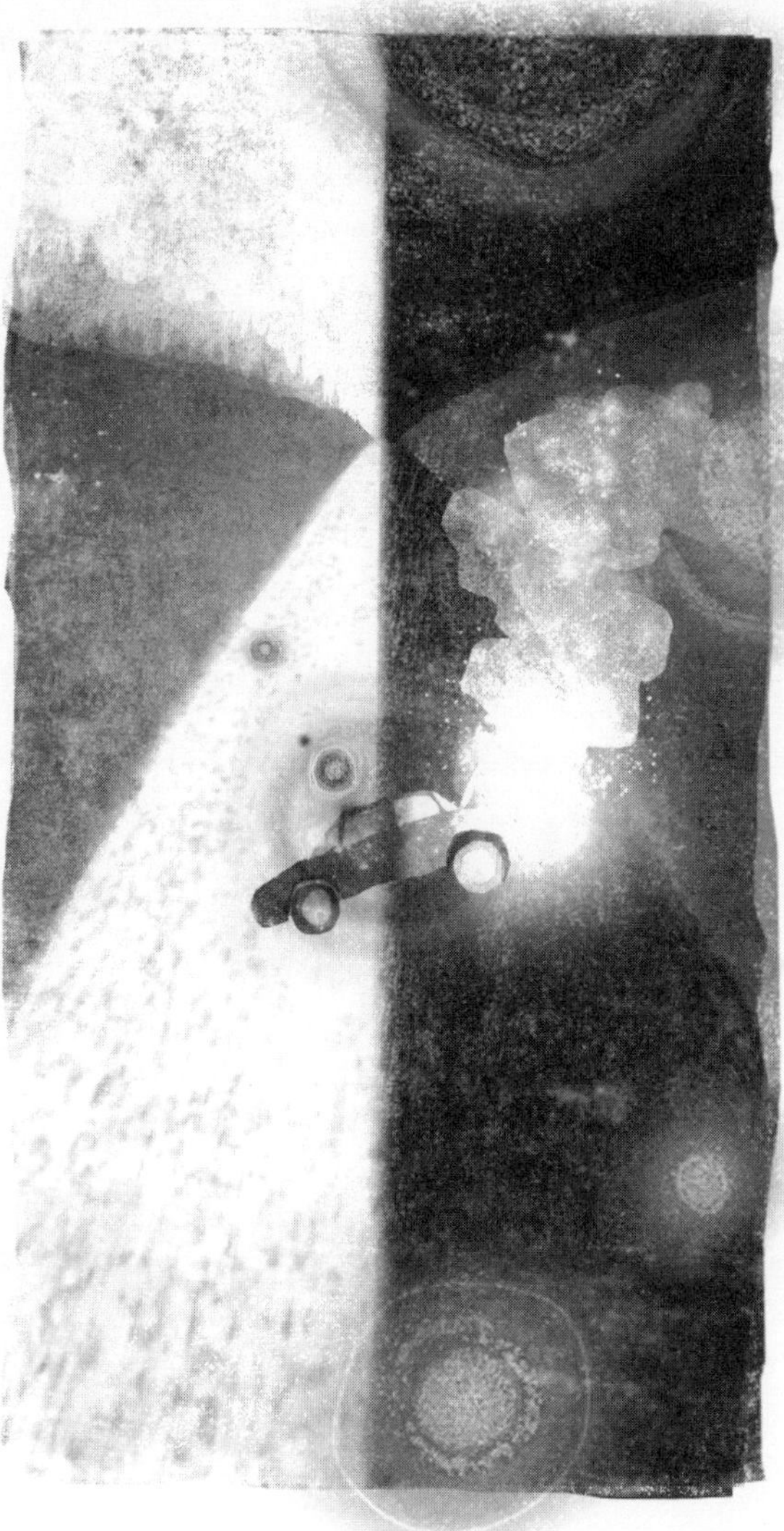

「やだ」

珠美が息をついて、「私たち、どこに来ちゃったの?」

「分らない」

夕里子は、呆然《ぼうぜん》として、やがて明けて来る空を見上げていた。

「ねえ、どういうこと?」

と、珠美が言った。「夕里子姉ちゃん!」

「私だって、分るわけないでしょ」

と、夕里子は言い返した。

「夕里子姉ちゃんは何でも知ってるかと思った」

珠美は肩をすくめた。

本気で訊いているのではない。何か言わないではいられないのだ。

綾子は黙々と歩いていたが、黙っているのは、口をきくだけの元気がないせいだろう。

それにしても——これってどういうこと? 私の方が訊きたいわ!

夕里子たちは、森と川に挟まれた道を、もう三十分以上歩いている。しかし、一向に人家らしいものが見えないのである。

「あの刑事さん、一体どこを走らせてたの?」

と、珠美は文句を言った。

「——これって、普通じゃないよ」

と、夕里子は言った。「見て、川の向うに見える山。——この前ミュンヘンに行ったとき、こんな風景を見なかった?」

どこか、見たことがあるという気がしていた。この森。——日本の風景とは思えない。

「でも……。車でドイツまで来たっていうの?」

「分んないわよ。でも、現にこうして——」

夕里子は言葉を切った。

朝の空に、くっきりとした響きで、鐘の音が鳴り渡ったのだ。

「あれって……」

「教会の鐘みたいだわ。すぐ近くよ」

夕里子は足取りを速めた。

そして——気が付くと、三人は白い大きな建物の前に出ていた。

学校か、それとも寄宿舎のような建物。

飾り気のない、素朴《そぼく》な作りだ。

そして、今三人が入って来たのは、どうやら裏庭らしい。隅《すみ》に薪《まき》が山と積まれて、井戸は古びた石積みの作り。

「——誰かいるのかな」

と、珠美が言った。

「いるんでしょ、きっと」

夕里子は、煙突から立ち上る煙を見て言った。

「ともかく休みたい」

と、綾子は今にも倒れそう。「お腹も空いた!」

「もう少し我慢して。ともかく誰かいるだろうから」

そのとき、ドアが開いて女が一人外へ出て来た。

堂々たる体格に、汚れたエプロンをつけ、両手に木の桶《おけ》をさげている。——どう見ても日本人ではない。

「あの——」

と、夕里子が話しかけると、その女が三人を見て、目を見開き、

「まあ! どこにいたの! 一晩中帰って来ないで!」

——三人は、しばし口がきけなかった。

そして、お互い顔を見合わせると、

「今のって……」

「あれ、ドイツ語だ」

と、珠美が言った。「でも、どうして私、ドイツ語が分るの?」

「私にも分った」

綾子が言った。「文法も分んないのに」

女が続けてドイツ語で言った。

「早くお入りなさい! 風邪引くでしょ、そんな所で!」

これって夢なの?

しかし、ともかく今は中へ入りたい。

「分りました。すみません」

と、夕里子は言って、「さ、入ろう」

「——夕里子姉ちゃん」

「何よ?」

「今——ドイツ語で話してた」

夕里子も、そう言われてから気が付いた。


自分でも気付かない内に、ドイツ語で返事していたのだ。

「——考えるのは後! 今は中へ入りましょ!」

三人は、そのドアから建物の中へと入って行った。

「ユリ! お帰り」

階段を下りて来た金髪の少女が、声をかけて来た。「三人で外泊? やるわね!」

十八歳くらいか、白い丈《たけ》の長いスカートをはいて、ひどく野暮《やぼ》ったい格好。しかし、少女の目は明るく輝いていた。

「ただいま」

夕里子は、とりあえず答えた。「外泊したわけじゃないの。三人で道に迷って……」

「森の中で? よく生きて帰れたわね!」

「何とかね……」

「さあ、朝食よ！　行きましょ」

三人は、今の状況がどうであれ、その少女について行けば朝食が食べられる、という現実の方に従うことにした。

廊下を進んで行くと、大きな両開きのドアが一杯に開け放してあって、その向うから、にぎやかな話し声、笑い声が渦《うず》のように聞こえて来た。

「――いつも通り、あなたたちの席は私の隣。いいでしょ？」

「もちろん！」

夕里子たちはホッとした。

――大広間は、少女たちで埋《うま》っていた。

高い天井。おいしそうなスープの匂いがした。

「とりあえず、食べられるわけね」

珠美が席について、「――あんまりおいしそうじゃないね」

「ぜいたく言わないの」

と、夕里子は言ったが、確かに……。

スープは野菜の入った、おいしそうなものだが、他にはスライスしたハムとチーズ、そして、固そうなパン……。

「コーンフレークないの？」

と、珠美が情ない声を出す。

「私、日本風の朝食が良かった。のりと納豆とご飯……」

綾子が呟く。

「もう……。お姉さんまで」

それでも、ブツブツ言いつつ、三人とも空腹には勝てなかった。

固いパンを必死でちぎり、かむのに顎《あご》がくたびれるようだったが、他の子たちを見ていると、みんなパンをスープに浸して食べている。

「あれで柔らかくするんだ」

夕里子も、何とかこつをつかんで食べながら、およそ百人近い少女たちが並ぶ広間の中を眺め回した。

隣の少女の白いワンピース（というほど洒落《しゃれ》たものじゃないが）は、ここの制服らしい。夕里子たち三人を除けば、ほとんどの少女が同じ服を着ていた。

「――きっと、凄《すご》い田舎《いなか》だね」

と、珠美が言った。「私たち、いわゆる『瞬間空間移動』して来たのね、きっと」

「大学まで遠いわね、たぶん」

と、綾子が呑気なことを言っている。

「ここはドイツのどこかだわ、きっと」

夕里子は、少しお腹が落ちついて、「でも、いくら田舎でも電話くらいあるわよ。日本に国際電話かけて、国友さんへ連絡しよう。きっと心配してるわ」

「そうか。――結構、もう私たち死んだことになってて、国友さん、次の彼女がいたりしてね」

「余計なこと考えないの」

夕里子は珠美をにらんだが――。

そのとき、初めて夕里子は壁一杯にさげてある、大きな旗に気付いた。自分たちの席から斜め後ろにあったので、目が行かなかったのだ。

「――ねえ」

と、夕里子は言った。「もしかすると私たち……〈場所〉だけじゃなくて、〈時間〉の方も移動して来たのかもしれない……」

「え？」

夕里子の視線を追って、壁の方へ目をやった綾子と珠美は、そこに巨大なカギ十字――あの、かつてヒトラーが率《ひき》いたナチスの印が、自分たちを見下ろしていることに気付いたのだった……。

3　集会

朝食がすむと、少女たちは一斉に立ち上って、広間を出て行った。

「――みんな、どこに行くの?」

と、夕里子はソフィアに訊いた。

食事をしている間に、その少女の名が、ソフィア・シュルツだということを、聞き出していた。

「広場で、この村全体の集会があるのよ」

「集会?」

「総統を讃《たた》える集会がね」

「ソートーって?」

と、珠美が訊くと、ソフィアは笑って、

「あなたたち、相手が私だからいいけど、他の子にそんな質問したら大変よ!」

と言った。「もちろん、NSDAPのヒトラー総統よ」

「NS……?」

「NSDAP。国家社会主義ドイツ労働者党の略よ」

「長い」

と、珠美が言った。「アドルフ・ヒトラーのことね」

「そう! でも総統って呼ばないと。兵士にでも聞かれたら、引張られるわ」

「気を付けるわ」

と、夕里子は言った。「私たちも集会に出なきゃいけないの?」

「あなたたちは留学生だから、出なくてもいいんじゃない? 部屋を片付けておいた方がいいわ。キャンプも今日で終りなんだから」

と、ソフィアは言った。「ユリ、私たちの部屋へ戻るんでしょ? このハンカチ、持ってってといてくれる?」

夕里子は少し迷ったが、

「ソフィア。あの——笑われるかもしれないけど」

「何?」

「ゆうべ森の中で怖い思いしたせいか、私たち、色んなことを忘れちゃったらしいの。——私たちの部屋ってどこだっけ?」

ソフィアは目を丸くしていたが、

「日本人って面白いわね!」

と、愉快そうに、「いいわ。三人ともここで待ってて!」

と、駆けて行った。

そして、数分して戻って来ると、

「先生に、『日本人留学生の世話をしなくてはいけないので』って、集会に出ないでいい許可もらって来た! 助かったわ、こっちも!」

「じゃ、部屋へ連れてってくれる?」

「はいはい。——ではお客様、ご案内申し上げます」

ソフィアは、わざとていねいな口調で言って、夕里子たちを広い階段へと連れて行った——。

部屋は二人で一つ。夕里子はソフィアと同じ部屋を使っていて、中は広くはないが、すっきりしていた。

綾子と珠美は二人で隣《となり》の部屋を使っていた——と

いっても憶《おぼ》えがないのだが——らしい。

「私のバッグはそこにあるわ」

と、ソフィアが言って、二段ベッドの下を指《さ》したが、「あら……」

「どうしたの?」

「私のバッグ、斜めに押し込んである。私、絶対にそんなことしない」

ソフィアは布の大きなバッグを引張り出すと、開けて中を覗き、

「やっぱり。朝食の間に、調べに来たんだわ!」

と、憤然《ふんぜん》としている。

「勝手に中を?」

「ええ。キャンプの間に、全員のバッグの中を調べてるはずよ」

「でも、どうして? 誰がそんなことをしてるの?」

ソフィアはベッドに腰をおろして、

「このキャンプは、BDMの主催なの」

と言った。「BDMは〈ヒトラーユーゲント〉の女の子版ね」

夕里子も、〈ヒトラーユーゲント〉のことは聞いたことがあった。

ナチスが若者を自分たちの思想に染めるために作った若者だけの組織である。

「当然、NSDAPの指導の下にあるから、キャンプに参加していても、読んではいけない作家の本を隠していないか、友人との手紙の中で、ヒトラーを批判するようなことを言っていないか、探《さぐ》るのが指導の一つなの」

「手紙も読むの?」

「日記だろうと、手帳だろうと、すべて開けてしまう。抗議なんかできないわ」

ソフィアはバッグの中を見て首を振ると、

「中を調べたことを隠しもしない。きちんと整理してしまっておいたのに、わざとかき回してあるわ」

「何か持って行かれたとか？」

「まさか！　危い本なんか、初めから持って来ないわ」

と、ソフィアは言った。「もちろん日記や手帳もね。——人の心の中に泥靴で踏み込むようなことを、平気でやるのよ、連中は」

つい、腹立たしさが言葉になって出たようだ。ソフィアはちょっと頰を赤らめて、

「ごめんね。今のこと、忘れて」

「私が誰かに言いつけるとでも？　信じてよ」

夕里子の目をじっと見て、

「ユリ。——あなたは信じられる。良かったわ。このキャンプへ来て、一つ、いいことがあった」

と、ソフィアは言った。

そのとき、窓の外で、何かやかましい怒鳴り声が聞こえて来た。

「——集会が始まったわ」

ソフィアは立ち上って、「最近じゃ、みんなヒトラーの演説の仕方を真似るの。やかましくって」

「ここから見える？」

「この部屋はだめ。——隣の、アヤとタマの部屋からは見えるわ」

綾子の「アヤ」と夕里子の「ユリ」はともかく、珠美が「タマ」では——当人は、

「私は猫じゃない！」

と怒っている。

綾子と珠美の部屋へ行ってみると、二人は窓を開けて広場を眺めていた。

広場からは、演説が終って、勇《いさ》ましい行進曲が聞

こえて来た。

「——村中の人が出てる」

と、ソフィアが窓から眺めて言った。「出なかったりしたら、大変。何と言われるか……」

そのときだった。

突然教会の鐘が鳴り響いたと思うと、まるで大きな雪のように、白い紙が無数に舞い落ちて来た。

「あれ、何?」

と、珠美が言った。

「ビラだわ」

と、ソフィアが言った。「誰かが教会の塔の上からまいたんだわ」

広場では、演奏されていた行進曲が急にテンポもリズムも狂って、止ってしまった。同時に、舞い落ちる無数のビラに、集まった人々がみんな上を見上げている。

そして、当然のことながら、人々は足下《あしもと》に落ちたビラを拾い上げて、何ごとかと読み始めた。

そのとき——風に乗って、ビラの一枚が夕里子たちのいた窓から飛び込んで来たのである。

ソフィアが素早く拾い上げると、

「内緒よ!」

とビラを小さくたたんでスカートの下へ押し込んだ。

「ソフィア……」

夕里子は、広場に銃声が響くのを聞いて、息を呑んだ。

「——ビラを拾うな!」

と、軍服の男が怒鳴っていた。「ビラを隠し持っている者は射殺する!」

「無茶言ってる」

と、珠美が呆《あき》れたように言った。

「ビラを集めろ！　焼き捨てるんだ！」

ヒステリックな声が響く。

「ソフィア、何のビラなの？」

「分らないけど、連中があんなにピリピリしてるからには、読まれちゃまずい内容なのよ、きっと」

広場は大騒ぎだった。

兵士たちが教会の中へ駆け込んで行く。ビラをまいた者を捕まえようというのだろう。

しかし、ビラは広場以外の街路や民家の屋根にも飛び広がっている。全部集めるといっても、容易ではあるまい。

「――逃げたようだわ」

ソフィアが、教会の方を眺めながら言った。

そのときだった。

部屋のドアが荒々しく開いた。

兵士が二人、自動小銃を構えて立っている。――

夕里子もさすがにゾッとした。

「何かご用ですか」

ソフィアが進み出て言った。

「ここで何をしている？」

と、兵士が鋭い口調で言った。「どうして広場へ出ないんだ！」

「この子たちは日本の留学生なんです」

と、ソフィアはスラスラと答えた。「今日でここを引き上げるので、片付けや手続きに時間がかかります。私が細かいことを教えてあげていました。BDMの担当の先生の許可ももらっています」

夕里子はソフィアの頭の回転の速さに感心した。

説明が整然としていて、「言いわけ」めいた印象を全く与えない。

兵士も、それ以上やかましく言う必要はないと思ったのか、銃口を下ろした。夕里子は内心ホッとした。

「今、ビラが一枚、この窓から飛び込んだろう」

と、兵士が言った。「開いている窓はここだけだ。ビラを出せ」

その言葉には、ソフィアも一瞬詰った。

出すといっても、スカートの下へ隠してある。そんなところから取り出せば、なぜ隠したのかと言われるだろう。

そのとき、綾子がおっとりと、

「ビラって、これのこと?」

と言った。

手にしたのは白紙。兵士が大股に歩み寄って、それを引ったくるように取った。

「表も裏も白紙ですよ」

と、綾子は言った。「刷りそこないですね、きっと」

兵士は紙を手の中で握《にぎ》り潰すと、

「ビラがまかれたことを、帰ってからも口外《こうがい》してはならん」

と言った。「分ったか!」

「はい」

と、ソフィアが言った。「決して誰にも」

「よし。——ハイル、ヒトラー!」

「ハイル、ヒトラー」

ソフィアがくり返す。

兵士たちが出て行き、ドアが閉る。

ソフィアは息を吐《は》いて、

「——助かったわ! アヤ、ありがとう!」

「いいえ」

「お姉さん、今の紙、何?」

「さっき、食事したときに使った紙ナプキン、半分に切ったの。メモ用紙になるかと思って」

「私のケチがうつったか」

と、珠美が言った。

「でも、ソフィア、今のは何のビラ?」

夕里子が訊くと、

「何も知らない方がいいわ。もしあなたたちの身に何か……」

「水くさいわね」

と、綾子が笑顔で、「大勢が知るほど、秘密は安全」

「安全?」

「みんなが知ってしまえば、それはもう秘密でなくなるからよ」

と、夕里子は言った。

ソフィアは微笑んで、

「ありがとう。――あなたたちはすばらしい姉妹ね」

と言った。「でも、やはりこのビラは見せられない。もしあなた方の一人でも、ゲシュタポに連行されて取り調べられたら、きっとしゃべってしまう。――いいえ、それが当然なの。人間の耐《た》えられる苦痛は限界があるから」

「ゲシュタポって?」

と、珠美が訊いた。

「ヒトラーの秘密警察よ。ほとんどどんな無法なこともできる権限を持ってる。拷問《ごうもん》のプロが揃《そろ》ってるわ」

「怖い」

「ええ。だから、知らなけりゃ何も話せないでしょ。知ってて、知らないと言い通すのは辛《つら》いわ」

「ソフィア」

と、夕里子が言った。「見なくても分るわ。ああして、兵士たちが必死で読ませないようにしていたのを見ればね。——ヒトラーへの反抗を呼びかけたビラね。それを作ってる人を知ってるの?」

ソフィアは答えなかった。

「——用心した方がいいわ」

と、綾子が言った。「この話を立ち聞きしている人がいるかも」

「本当だわ。——ユリ、仕度《したく》をしましょう」

ソフィアは、いつもの様子に戻って言った。

——夕里子は、そのビラのことはともかく、差し当り自分たちが日本から来た留学生だということは分っていても、一体どこに住んで、どうして暮しているのか、さっぱり分らないということが心配だった。

しかし、迷っている暇もなく、夕里子たちは「帰り仕度」に追われた。

どこへ「帰る」のかも分らないままに。


昼過ぎには、ともかく荷物を大きな布の袋に入れて、全員が朝食をとった広い部屋へと集まった。

キャンプが今日で終り、というので、やはり誰もが嬉しそうで、浮き浮きしていた。

「——では、それぞれ、帰宅する方向によって、グループに分れるように」

と、指導教官の女性が言った。

ソフィアが夕里子の手を握って、

「楽しかったわ。ありがとう」

と言った。

「こっちこそ」

と、夕里子が答えたときだった。

「そこの日本の留学生」

と、女性教官が夕里子たちの方へやって来た。

「はい」

「佐々本……姉妹ね」

「そうです」

「実は、午前中に連絡があってね」

と、女性教官は言った。「あなたたちが寄宿していたお宅が火事で焼けてしまったそうなの」

「火事……」

「気の毒なことに、お宅の方々も全員亡くなってしまったそうなのよ。それで、あなた方は帰っても住む所がないわけ」

「はあ……」

「先方も困っていてね、すぐにあなた方を受けいれてくれるお宅が見付かるかどうか分らないということなの」

「そうですか……」

「どうする？　他にどこかドイツ国内に心当りが？」

「いえ……。ありません」

「困ったわね。じゃ、もう少しこの施設で待ってみる？　でも、ここも閉めることになってるし」

聞いていたソフィアが、

「私の家に来たら？」

と言い出した。

「ソフィア……」

「構わないわよ。うちは古い家で、広いの。使ってない部屋がいくつもあるし、そうしなさいよ」

ソフィアの方が嬉しそうに、声を弾ませている。

「でも、突然そんなこと……。それも三人もいるのに」

「三人でも、みんなおとなしいよ」

と、珠美がすかさず言ったので、みんな笑った。

「――父へ電話するわ」

と、ソフィアは言った。「でも、大丈夫。うちじゃ、私は信用があるの」

自信たっぷりである。

「ともかく良かったわ」

と、女性教官が肯いた。「ソフィア・シュルツだったわね」

「そうです」

「住いはどこ？」

「ミュンヘンです」

と、ソフィアは言った。

4 家族

立派な門構えの屋敷が、目の前にあった。

「ここよ」

と、ソフィアが言った。「ちょっと庭は荒れてるけど」

重い門扉《もんぴ》をソフィアが体で押して開けると、

「ソフィア！」

と、奥の屋敷の窓から誰かが手を振って呼んだ。

「マリアンネ！」

ソフィアが手を振り返す。


ソフィアはバッグをつかむと、正面の屋敷へと真直ぐに駆けて行った。

それは、いかにも若々しく、南ドイツの明るい陽光の下にふさわしい弾けるような勢いを持っていた。

「バラが咲いてる」

と、珠美が言った。

「本当だ。きれいね」

夕里子は、いささか雑然とした庭に、光を受けて、まるで自分から光を発しているように目につく白いバラを眺めた。

「ミュンヘンの青空ってきれいだね」

と、綾子がのんびりと空を見上げる。

確かに、あのキャンプをした町から列車で南へ下り、次第にミュンヘンに近付くにつれて、重くどんよりと頭上にのしかかるようにかかっていた灰色の雲が晴れて来て、代りにまぶしいような青空が広がって来た。

同じドイツでも、北と南でこうも違うか、と夕里子は実感したものだ。

そして、ミュンヘンの町が、半世紀以上も昔のころでも、やはり明るい町並の目立つ所だと知ったのである。

「――ユリ！ みんな入って！」

ソフィアが屋敷の玄関で呼んでいる。

「さ、入ろう」

と、夕里子はバッグを持ち直すと、先に門の中へと足を踏み入れた。

「お腹空いた！」

と、珠美は言った。

「分るけど、そんなこと言わないのよ」

と、綾子がたしなめる。

「だって、事実だもん」

「だからって――キャッ！」

綾子は、珠美の方を見ていて、目の前へ傍から出て来た車椅子に気付かなかった。

いくつも悲鳴が重なった。

綾子は車椅子にぶつかって前のめりに転んだ。車椅子は横倒しになって、座っていた少女が地面に投げ出された。

「――大変！」

夕里子が、びっくりしてバッグを地面へ投げ出すと、急いで駆け戻った。

「ごめんなさい！ 大丈夫？」

夕里子が助け起こすと、その十四、五歳に見える女の子は、

「痛い！ 触らないで！」

と、叫び声を上げた。

夕里子は急いで手を離し、

「ごめんなさい！　――でも、起き上らないと」

「放っといてよ！　私のこと突き飛ばしたわね！」

ソフィアが走って来た。

「ユリ、いいの」

と、夕里子の肩を叩いて、「アヤの面倒をみてあげて」

「でも……」

「大丈夫。私は慣れてるから。妹のリーゼよ」

「ごめんなさいね」

夕里子は、立ち上って、姉の方へと向いた。

「――けがは？」

「ちょっと……すりむいたくらい」

綾子が、珠美と夕里子に支えられて、何とか立ち上る。

「びっくりしたわ。全然気が付かなくて……」

ソフィアは、リーゼの車椅子を起こすと、

「さあ、つかまって」

と、かがみ込んだ。

「いやよ！」

と、リーゼがはねつける。「あの日本人、わざと私のこと、突き倒したのよ！」

「リーゼ……」

「追い返してよ！　日本人なんて、うちの中へ入れないで！」

「ともかく、車椅子に戻って」

「あいつらが出て行かない内は、私、地面から動かない！」

夕里子たちは顔を見合せた。

リーゼという少女は、足が悪いから当然のことかもしれないが、日に当ることの少ない植物のように、やせて、目ばかりが大きく見開いて、今はじっと夕里子たちのことをにらんでいる。

金髪が細い金の糸のようで、せっかく美しいのに、無造作に束《たば》ねられているだけだった。

「リーゼ、分らないことを言わないで」

と、ソフィアがたしなめる。「この人たちは今初めてあなたに会ったのよ。わざと突き倒したりするわけがないじゃないの」

「分るもんですか！　日本人なんて野蛮《やばん》だもの。歩けない人間を突き飛ばすのが遊びなのかも」

リーゼは、綾子の方へ、「私の前で、地面に手をついて謝りなさいよ。そしたら許してあげる」

ソフィアが頰を紅潮させて、

「リーゼ！　いい加減にして！」

と、声を高くした。

しかし、綾子がそれを遮って、

「待って、ソフィア。私の方が不注意だったんですもの」

「アヤ――」

綾子は、リーゼの前の地面に正座すると、両手をついて、

「わざとやったんじゃないわ。でも、私の不注意のせいなのは確か。ごめんなさい」

と、頭を下げる。

――リーゼも、まさか相手が本当にそんなことをすると思わなかったのだろう。呆然として綾子を見つめている。

そのとき、玄関から男性が出て来た。

「リーゼ、お前の負けだな」

半《なか》ば髪の白くなった、知的な雰囲気の紳士である。

「お父さん」

ソフィアが言った。「――紹介するわ。アヤとユ

り、それにタマ」

「珠美」

と、不服げに呟く声が聞こえた。

「父よ。フランツ・シュルツ」

「よくいらした」

と、父親は微笑んで、それからリーゼを抱き起し、車椅子に座らせた。

「突然お邪魔して申しわけありません」

と、夕里子が言った。

「事情はソフィアから聞いていますよ。古い家だが、広いのが取り柄《え》でね。我が家のつもりでゆっくりなさい」

リーゼは、なお険《けわ》しい視線を三人へ向けていた。

「お父さん、本当にこの日本人たちをうちに置くつもりなの?」

「どこの国の人だろうと関係ない。ソフィアの友人を泊めてあげるだけだ」

フランツの言葉に、リーゼは反対してもむだと悟《さと》ったらしく、

「好きにすればいいわ」

と言った。「でも、後になって後悔しても知らないわよ」

リーゼは車椅子を自分で操《あやつ》って、建物の方へと行ってしまった。

「私が押そう」

フランツが言って、「ソフィアは、お客様を部屋へ案内してあげなさい」

「はい、お父さん」

玄関へ上る階段の傍には、車椅子用のスロープがつけられていた。

リーゼはそのスロープの手すりをつかんで、自力で上ろうとしていたが、足早に駆けつけた父、フラ

ンツが車椅子を押してやると、それに任せた。

「ごめんなさいね、アヤ」

と、ソフィアは言った。「リーゼは足のせいで、めったに外へ出ないの。だから他人と会う機会が少なくてね。家の中に他人が入るのを怖がってるのよ」

「いいのかしら、私たちが泊ったりして」

と、夕里子は言った。

とはいえ、夕里子たちもホテルへ泊るようなお金は持っていない。

「心配しないで。慣れるわよ」

と、ソフィアは微笑んだ。

「リーゼって、今何歳？」

と、珠美が訊いた。

「十五歳」

「私と一緒だ」

「珠美、あんたから話しかけてあげなさい」

と、夕里子は言った。

三人がそれぞれの荷物を手に、玄関の方へ向おうとしたとき、門の外で車のクラクションが鳴った。

振り返ったソフィアの顔が一気にこわばった。

夕里子は、そのソフィアの表情の変り方にびっくりして、自分も振り返った。

軍用のジープが門の正面に停って、ドイツ軍の軍服を着た金髪の男性が降り立った。

「ユリ。悪いけど先に入ってて」

と、ソフィアは言った。

「分ったわ」

夕里子が他の二人を促《うなが》す。

「あの三人は何者だ？」

と、その軍人がソフィアに訊いているのが夕里子たちの耳にも届いた。

「さあ、ソフィアに任せて、行きましょ」

夕里子は先に立って歩き出した。

「――ちょっと偉そう」

と、珠美が言った。

「将校だわ。あの帽子、長靴……」

色々な映画の中で見て来た、ドイツ軍将校の制服。まさかその実物を見ようとは！

夕里子たちが屋敷の玄関を入ると、

「いらっしゃい」

明るい赤い髪の少女が出て来た。「ソフィアから聞いたわ。日本から？　遠い所までよく来たわね」

「来たくて来たわけじゃ……」

と、珠美が日本語でグチった。

「私、ソフィアと同じミュンヘン大学の学生のマリアンネ・タウバー。ソフィアとは昔からの友だちよ」

「初めまして」

夕里子が、姉と妹を紹介する。

「ソフィアは？」

「あの――今、門の所に知り合いの方らしい人が……」

マリアンネはドアを開けて覗《のぞ》くと、

「ハンス・ハンゼンだわ！　まあ、軍服が似合うこと」

と、ため息をついた。

「ソフィアさんのお友だちですか」

と、夕里子が訊いた。

「ええ、確か遠い親戚だと思うわ。秀才の誉《ほま》れ高かったのよ」

「今は軍隊に？」

「でも幹部候補生。二十四歳の若さで中尉《ちゅうい》ですもの」

マリアンネは、半ば憧れをこめた目で、ハンス・ハンゼンを見つめていた。

しかし、夕里子はハンスと話をするソフィアの後ろ姿に、失望の気配を感じ取っていた……。

やがて、ハンスはジープに戻り、再びクラクションを鳴らして走り去った。

ソフィアはジープを見送って手を振っていたが、すぐに小走りにやって来た。

「ごめんなさい！」

と、息を弾ませ、「部屋は二階よ」

と、そのまま階段を上って行く。

「ソフィア！」

と、マリアンネが呼びかけた。「ハンスは何の用で？」

「後で話すわ」

ソフィアは話したくない様子だったが、マリアンネが、

「教えてよ、もったいぶらないで！」

と、追いかけて行きかねない様子だったので、ちょっと肩をすくめて、

「舞踏会に一緒に、って誘われたのよ」

と言った。

「凄い！　すてきじゃないの！　もちろん行くんでしょ？」

「分らないわ。次の日が試験だし」

「試験なんて、どうだっていいじゃない！　ハンスだけじゃなく、他にも偉い人たちが来るんでしょ？先生だって文句なんか言わないわよ」

「私は学生だもの、マリアンネ。学生としてやるべきことがあれば、何よりそれが最優先だわ」

ソフィアはきっぱり言うと、「さ、ユリ、行きましょう」

と、二階へ上って行く。

夕里子は、マリアンネと目が合った。

「ソフィアもね、いい子なんだけど、頭が固すぎるのよ」

と、マリアンネは首を振って、「ハンスみたいな、すてきな人の誘いを断るなんて！」

そうではない。

ソフィアは、「ナチスの将校のハンス」と舞踏会に行きたくないのだ。マリアンネには、ナチを嫌うソフィアの気持が分らないのだろう。

しかし、おそらくマリアンネの感覚の方が今のドイツの娘たちのほとんどを代表しているのだ。

あのマリアンネも、戦争が終れば、

「ナチなんか大嫌いだったけど、そうは言えなかったの」

と、弁解するだろう。

人は周囲に流されやすく、自分の間違いを認めたがらない生きものなのだ……。

「――ここがユリとタマの部屋。アヤは隣を使って」

二階の、ズラッと並んだドアの一つを開けて、ソフィアが言った。「バスルームが二つの部屋の間にあって、兼用なの。バスルームを通って行き来もできるわ」

簡素だが、清潔で気持良かった。不要な装飾がない分、却って美しく見える。

「充分すぎるわ。――ありがとうソフィア。お父様のフランツに、くれぐれもよろしく」

「ええ伝えるわ」

と、ソフィアは言った。「荷物の整理があるでしょ。もし、夕食までに時間があったら、大学へ案内してあげる」

「ぜひ！　楽しみだわ」

夕里子は、ミュンヘンの町を歩きたくて仕方なかった。

ソフィアも嬉しそうに、

「じゃ、一時間したら迎えに来るわ」

と、部屋を出ようとして、ふと振り向き、

「――ハンスのこと、昔は大好きだったの。頭も良かったけど、田舎の野原を駆け回るのが似合ってる子だった。それが今は……」

ソフィアは、それだけ言って、出て行った……。

5 大学

「学生たちなんて、いつでも、どこでも同じようなものね」

と、綾子が言った。

そう。——古い石作りの建物に、若々しい笑い声が響き、バタバタと走り回る足音。本を抱えてせかせかと歩く先生。

日本の二十一世紀の大学も、変りはない。

「あそこが、私の通ってる人文学部」

と、ソフィアが指さす。「隣のギリシャ風の建物は図書館よ」

ソフィアの表情が、少し曇った。

「何かあったの？」

と、夕里子が訊く。

「今は欠陥図書館だわ。ハイネもない、ツヴァイクもない。レコードライブラリーには、メンデルスゾーンもマーラーもないの」

「ユダヤ人ね」

「ええ。ユダヤ系の作家や学者の本は燃やされた。そこの中庭でね」

と、石畳の広場を見下ろして、「燃え盛る火を眺めて、私、大変なことになる、と思ったわ。もう大学は終りだ、って」

ソフィアは石の回廊《かいろう》の手すりにもたれて、

「でも、本当にやり切れないのは、ユダヤ系の教授たちを次々に追い出しながら、大学は何事もなかったかのように続いてることね。先生たちも学生たちも、あんなこと、忘れてしまったように……」

ソフィアは笑顔を作って、

「ごめんなさい。せっかく案内してあげてるのに、グチばっかり……」

「分るわ」

と、夕里子は言った。

「あなたたちになら、何でも話せる気がするの。――いつもいつも、胸の奥にじっと抑えてるものが、一旦ふき出てくると止らなくなる」

「聞くのは構わないわ。少しでも気が楽になるのなら」

夕里子の言葉に、ソフィアは微笑んで、夕里子の手を固く握りしめた。

「――学生食堂はある?」

と、珠美が訊いた。

「ええ! 大した味じゃないけど、量だけは多いの。でも夜はうちで食べてね」

「訊いてみただけ」

珠美は、ふと空を見上げて、「今ごろ日本じゃ何やってるかなあ」

と言った。

夕里子には、珠美の言っているのが、「今の日本」――二十一世紀の日本のことだと分っていた。

「ソフィア。戻ったのか」

と、声がした。

太った、赤ら顔の禿《は》げ頭をツヤツヤと光らせた男がやって来る。

「あ、先生。今日戻ったんです」

「そうか。全く、ナチもむだなことをする。――この三人は?」

「日本の留学生です。佐々木という三人姉妹です」

て、「それなら簡単だ。ひと言で言える。『絶望的だ』とな」

「先生――」

ソフィアが心配そうに、「大きな声でそんなことを……」

「構わん。本当のことだ」

「でも――」

夕里子は気をきかして、

「クラウス先生のお部屋へお邪魔してよろしいですか？」

と、割って入った。「ビールはいりませんから」

クラウス教授は、ちょっとびっくりしたような目で夕里子を見ていたが、やがて声を上げて笑うと、

「いいとも！　ただし、万一地震でも来たら本の山の下敷になる覚悟をしておけ」

と、突き出た腹を揺らしながら、廊下を歩き出して、「それなら簡単だ。ひと言で言える。『絶望的

「ほう、日本から」

「私の先生で、ヨゼフ・クラウス教授」

ソフィアは、好人物らしいその教授を紹介して、

「ビールに目がないの、先生は」

「ビールなしで、この時代を生きられるものか！」

と、赤ら顔の教授は苦々しげに言った。「時に――君らは何の勉強に来たんだ？」

何の勉強、と問われても困ってしまう。

何しろ、「好きでやって来た」わけじゃないのだ。

しかし、何か返答しないわけにいかない。

夕里子が素早く頭を働かせて、

「同盟国として、ドイツの学校教育の状況を見て来るようにと言われて来ました」

と答えた。

「ドイツの学校教育の現状か！」

ヨゼフ・クラウス教授は、大げさに両手を広げ

た。

　確かに、クラウス教授の部屋は、本の山があちこちで山脈を形作っていた。

「凄い」

　と、珠美が目を丸くして、「これ全部、本じゃなくて、札束だったら、いくらあるんだろう」

「珠美」

　と、綾子はにらんで、「偉い先生の部屋よ。慎《つつ》しんで」

「はあい……」

　クラウス教授は、肩をすくめて、

「どこかに適当に座ってくれたまえ」

　と言った。

　夕里子は、部屋の中へ入ったとき、何か一種の直感のようなものが働くのを覚えた。

「――ソフィア」

　と、夕里子はソフィアの耳に囁《ささや》いて、「この部屋は安全？」

「え？」

「何だか、鼻がきくの、私。こういうことには」

「どういうこと？」

「黙っててね、みんな」

　夕里子は、部屋の中を見回した。

　一人の個人の部屋は、どんなに散らかっていても、それなりに「統一された乱雑さ」がある。

　何か、この乱雑さの中に、異和感を与える物がないか……。

　夕里子の目が、古い本箱の上の花びんに止った。

　いつから放ってあるのか分らない枯れた花が、すっかりひからびている。

　しかし――その枯れた花の何本かが、いやにきちんとしているのだ。ただポンと放り込んだのなら、ああはならない。

夕里子は小さな椅子《いす》の上の本をどけて、その椅子を本箱のそばへ持って行った。

椅子に上り、その花びんをグルッと回してみた。それから持ち上げてみる。

花びんの底に、小型のマイクが取り付けられている。

夕里子はその花びんの底を、クラウス教授とソフィアの方へ見せた。

「何てことだ！」

「先生！」

ソフィアが教授の口を手で押える。

夕里子はそっと花びんを元に戻すと、椅子から下りた。

「出ましょう」

と、小声で言って促す。

「来たばっかなのに？」

と、珠美が文句を言った。「学生食堂で何かおごってくれるならいい」

「おごるとも！」

と、クラウス教授が言った。

――廊下へ出ると、

「いや、まるで気付かなかった」

と、教授は言った。「ありがとう。君が見付けてくれなかったら、ずっと分らなかったろう」

「ユリ、凄いわ！」

と、ソフィアが感嘆の声を上げた。

「ちょっと慣れてるの、この手のことに」

と、夕里子は少し照れて言った。

教授は、四人を引き連れて学生食堂へ行き、ケーキと飲物をおごってくれた。

今の夕里子たちの感覚では、あまりおいしいとは言えなかったが、ともかく「甘いもの」というだけでも少しホッとする。

「――でも、先生、どうするんです？」

と、ソフィアが訊いた。

「ふざけとる！　大学当局へ訴えて、問題にしてやる」

「それはやめた方が」

と、夕里子が言った。「ますます危険人物視されます」

「しかし、黙っておれるか！　こんな人を馬鹿にした話はない！」

「先生、怒ると血圧に悪いですよ」

と、ソフィアが忠告した。「ユリの言う通りです。ここは我慢して」

「しかし……」

「隠しマイクがあることに、こっちは気付いてるのに、仕掛けた方はそのことを知らないんですから」

と、夕里子は言った。「考えようによっちゃ、面白いじゃありませんか」

「うん。――なるほど」

クラウス教授は肯くと、「確かにそうだ。うんとからかってやる！」

「先生、危なっかしいんだから」

と、ソフィアが苦笑する。

それにしても――夕里子は、大学の一教授の部屋まで盗聴されている状況に、改めて寒気がした。

誰もが常に監視されている時代。

そんな時代が再びやって来ないとは限らないのだ。二十一世紀の「今」でも。

「コーヒーもまずくなった」

と、クラウス教授が首を振った。「これもナチスのせいだ」

「先生――」

「本当だ。この学生食堂の調理人は、妻がユダヤ人だったので、職を追われた。後を引き継《つ》いだのは、まだ見習のコックだ。ひどい味になるのも当然だ」

「その辞《や》めさせられた人は無事だったんですか」

と、ソフィアが訊くと、

「分らん」

と、クラウスは首を振った。「ある日、突然、夫婦揃って姿を消した。家財道具もすべてそのままで。――二人でどこか安全な国へ逃げたのならいいが、もしかするとゲシュタポが……」

「先生」

ソフィアが遮った。

夕里子たちのテーブルの方へやって来る男がいた。

どことなく陰気そうな、くたびれた感じの中年男である。

「クラウス先生」

と、その男は言った。「やあ、ソフィアもいたのか」

「物理学のシュタイン先生」

と、ソフィアが紹介した。

「何か用かね」

クラウスは、話したくないという気持を隠そうともしなかった。

「クラウス先生、週末のパーティに出席して下さい。僕は幹事なんで、あまり欠席されると困るんですよ」

「私は忙しい」

と、クラウスは素気《そつけ》ない。

「お忙しいのは承知してますが――」

「ミュンヘン大学の教授の集まりに、どうしてSSがやって来て、偉そうに演説するんだ？　あんたは腹が立たんのか」

SSとはヒトラーの直属の精鋭部隊、親衛隊のことだ。

シュタインは、ちっともおかしくなさそうに笑うと、

「クラウス先生、少し利口《りこう》になって下さいよ。大学だって、今はナチスからにらまれたらやっていけません。我々のパーティに、わざわざSSがやって来るというのは、それだけ向うが我々のことに一目置いてるからですよ」

と言った。

クラウスは冷ややかにシュタインを見ると、

「君がそう思うのは自由だ。しかし、私がそう思わんのも自由だ。放っといてくれたまえ！」

と言ってのけた。「さあ、行こう。——どうもこの辺は空気が悪くていかん」

クラウスが立ち上る。

夕里子たちはあわててクラウスの後を追って、食堂を出た。

中庭を見下ろす回廊へ出たところで、シュタインが追いついて来た。

「クラウス先生！　待って下さい」

「君もしつこいね」

と、クラウスが顔をしかめる。「いやなものはいやだ」

「それじゃ、話にもなりません——」

シュタインが突然言葉を切った。

夕里子はシュタインの目が、中庭へ入って来た黒い乗用車へ向いているのに気付いた。

中庭を歩いていた学生たちが、サッと車から離れ

る。

車から降り立ったのは、革のコートを着た、黒ずくめの無気味な男と、二人の兵士だった。

「ゲシュタポだ。――今度は誰を連れて行く気だ？」

と、クラウスが首を振って言った。

するとシュタインが、

「クラウス先生。ご用心を」

と、早口で言った。

夕里子は、シュタインが真青になっているのを見て、びっくりした。

「シュタイン先生――」

「ソフィア、元気で」

シュタインがソフィアの手を一瞬握って駆け出した。

「――いたぞ！」

ゲシュタポの男が叫んだ。「シュタインだ！　捕えろ！」

銃を手に、二人の兵士が中庭からの石段を駆け上って来る。

「――シュタインだと？　シュタインが？」

クラウスが愕然《がくぜん》としている。

シュタインは、回廊の先へと走って行って、姿が見えなくなった。

「――クラウス先生」

ソフィアが呆然として、「シュタイン先生が抵抗運動を？」

「分らん。――私には分らん……」

兵士たちが夕里子たちのすぐそばを駆け抜けて行く。

しかし、シュタインの姿は消えてしまったらしい。

中庭に立っているゲシュタポの男が、

「早く見付け出せ！」

と、苛々《いらいら》して怒鳴った。

「どこにもいません！」

兵士が息を弾ませながら答える。

「そんな馬鹿なことがあるか！　もっとよく捜せ！」

学生たちも足を止め、無言のまま、成り行きを見守っている。

そのとき――高らかに鐘が打ち鳴らされた。

「あそこだわ」

と、ソフィアが言った。

大学の古い建物の角に当る部分に、高い塔があり、その天辺《てっぺん》が鐘楼《しょうろう》になっている。

そこで鐘が鳴り渡った。中庭に鐘の音がこだまして、空へ消えて行く。


その鐘楼に、シュタインの姿があった。

「早く引きずり下ろせ！」

と、ゲシュタポの男が叫ぶと、兵士たちが塔に向って駆け出す。

シュタインは鐘の音が消えると、

「学生諸君！」

と、呼びかけた。「ヒトラーを信じるな！　ヒトラーは君たちを地獄へ引きずり込もうとしているのだ！」

その姿は、さっきクラウスをパーティに誘っていたときとは別人のように、活《い》き活きとして、輝いていた。

「君たちがドイツを救ってくれ！　ドイツが滅びる前に、行動しろ！」

シュタインの声が力強く中庭に響く。

ゲシュタポの男は気が狂わんばかりに、

「早く奴を殺せ！　撃ち殺せ！」

と怒鳴り続けている。

「僕には誰も手出しできない！」

と、シュタインは叫んだ。「自由は死なないぞ！

自由万歳！」

ソフィアが声を上げた。

シュタインは鐘楼から身を躍《おど》らせた。

——中庭の敷石の上に、シュタインが横たわって
いる。

学生たちがその周りに集まって来た。

「——何てことだ」

クラウスが呟いた。「私は全く分っていなかった
……」

ソフィアが夕里子の手をつかむと、

「ユリ。——一緒に来てくれる？」

と、緊張した声で言った。

「どこへ？」
ソフィアが黙って手を開いて見せた。手の中に鍵
がある。
シュタインが、ソフィアの手を握って行ったこと
を、夕里子は思い出した。では、シュタインはソフ
ィアに鍵を手渡したのだ。
「いいわ、行きましょう」
と、夕里子は肯いた。「お姉さん。珠美と二人で
帰っててね」
ソフィアと夕里子は、次々に中庭へ出て来る学生
たちをかき分けて、大学から外へ出て行った。
「——どこへ行くの？」
外の街路へ出て、夕里子は訊いた。
「シュタイン先生の家」
「知ってるの？」
「ええ、一度行ったことがある。——この近くな

ほとんど走るような足どりだ。

「あの先生があなたに鍵を渡したのは——」

「家の中にある証拠を始末してくれってことだわ。調べられたら、同じ志《こころざし》の人が捕まってしまう」

「シュタインが死んで、当然ゲシュタポはシュタインの家を調べに来るわね」

「時間との競争だわ。何とかゲシュタポが来る前に、証拠を燃やしてしまわないと」

それは危険な行動だった。

二人は、人目をひかない程度に小走りに道を急いだ。

夕里子は、ソフィアの横顔に、命がけで行動する者の美しさを見た。

「あのレンガ作りの家だわ」

と、ソフィアが言った。

川べりにポツンと建つ、一戸建てのレンガ色の家。

「まだゲシュタポは来てない」

静かな大学の付近の一角とはいえ、昼間のことで、人通りがないわけではない。

しかし、今はそんなことを言ってはいられなかった。

ソフィアが玄関の鍵を開け、夕里子と二人中へ入った。

「——でも、どこを捜したら?」

ソフィアは書斎らしい部屋へ入ったが、そこは本や文献の山で、どこをどう捜したものか、見当もつかなかった。

「ユリ、お願い! あなたの勘《かん》で、秘密書類を見付けて!」

と、ソフィアが叫ぶように言った。

しかし、夕里子にも短時間で見付けることは不可能だった。

「無理よ。ここに隠しているとは限らないし。台所か寝室か。——すべて捜してみなきゃ」

「でも、間違いなく五分もすればゲシュタポが来るわ！」

ゲシュタポは、人手をかけ、徹底的に捜索して、秘密の文書を見付けるだろう。

夕里子は、窓から外を見た。

「ソフィア。この家の周りは何もないわね」

「ええ」

「じゃ、他に手はないわ」

と、夕里子は言った。「火を点《つ》けましょ」

「ユリ——」

「すべて焼き尽《つ》くすの。隣家に燃え移る心配もない」

「分ったわ！」

ソフィアは頬を紅潮させて肯いた。

「この書斎は燃えてしまうでしょうけど、他の部屋は——」

「ガソリンを捜して来るわ！」

ソフィアが駆け出して行った。

残った夕里子は、ホッと息をつくと、

「とんでもないこと言っちゃった」

と呟いた。

放火は重罪だ。自分の発案で、ソフィアまで捕まったら……。

「——ガレージにあったわ！」

ソフィアが、ガソリンを入れた容器をさげて戻って来た。

もう後へはひけない。

「じゃ、ここへまいて。それから、台所、二階もね」

「うん！」

ソフィアは必死である。

夕里子は、窓の一つから、そっと表の通りを覗き見た。

今は変りないが、いつ、ゲシュタポがやって来るか……。

「──まいて来たわ」

ソフィアが息を弾ませて戻って来た。

「マッチが台所に……」

夕里子は、ガスコンロのそばの古めかしいマッチ箱を手に取った。

「ユリ、私がやるわ」

と、ソフィアが言った。「あなたが火を点けたら、それこそあなたは罪人だわ」

「今さら何よ」

と、夕里子は苦笑して、「それに、あなたの服、ガソリンがあちこちに飛んでる。火が点くわよ」

「あ、本当だ」

「どいていて」

マッチを擦《す》ると、硫黄《いおう》がプンと匂った。マッチの火で、そばの新聞紙に火を点け、それをそっと床へと投げた。

炎が静かに床を這って行く。

「もう大丈夫。行こう」

と、夕里子はソフィアを促した。

そのとき──玄関のドアを叩く音がした。

夕里子がハッとして窓から覗くと、ゲシュタポの車が停って、次々に兵士が降りて来ている。

「奴らだわ」

「ユリ！　──窓から逃げよう」

火が点いたことに気付けば、すぐに兵士たちが家を囲むだろう。

　余裕はなかった。

　二人は、台所の窓から外へ出た。

　玄関のドアが破られる音。

「――見付かる！」

「ソフィア、川へ飛び込もう！　泳いで隠れるのよ」

　二人は、小さな芝生を横切ると、川へと身を躍らせた……。

6　招待状

「この寒いのに、水泳でもしたの？」

と、アンナ・シュルツが呆れ顔で言った。

「寒いときこそ、冷たい水で体をきたえなくちゃ」

と、ソフィアが青い顔で強がって見せる。

「私が不注意だったんです」

と、夕里子が言った。「川のほとりを歩いていて、足を滑らしたんです。ソフィアは私が溺《おぼ》れるかと思って飛び込んでくれて」

「まあ無事で良かったわ」

アンナは笑って、「さあ、早く着替えて。風邪を引くわ」

——二人が、ずぶ濡れの姿でシュルツ家に帰り着いたのは、もう辺りが薄暗くなりかけたころだった。

迎えてくれたのは、ソフィアの母、アンナである。

学校の先生みたいだ、というのが夕里子の第一印象だったが、後でその勘が的中していると知った。アンナは小学校の教師で、今も教えているとのことだ。厳しいだろうが、生徒への愛情をしっかり抱き続けている人、という気がした。

「着替えたら、食堂へ下りて来て。すぐ夕食よ」

と、アンナは二人に声をかけて行った。

夕里子は派手に一つクシャミをして、

「私、夕食の前にお風呂へ入ってもいい？」

「ええ、もちろんよ。ちゃんと暖まってね。急がなくてもいいから」

ソフィアと、部屋の前で別れる。

夕里子がドアを閉めようとすると、ソフィアがドアを押えて、

「ユリ、ごめんなさい」

と言った。「否《いや》も応《おう》もなく、あなたを巻き込んでしまって」

「私はいいの。でも、ソフィア。用心しないと」

夕里子は小声で、「あなた、シュタイン先生の隠そうとした〈仲間〉だったの?」

「いいえ!」

ソフィアは即座に首を振った。「あのとき、シュタイン先生は私に鍵を渡すしかなかったんだわ。周囲に誰もいなかったから」

「それだけじゃない。ソフィア、あなたならきっと分ってくれるって、そう思ったからだわ」

ソフィアの口もとに、わずかながら笑みが浮んだ。

「——そうだと嬉しいけど」

ソフィアは一つ息をついて、「じゃ、お互い、風邪を引かないようにね!」

と、小走りに自分の部屋へと駆けて行った。

夕里子は、ドアを閉めようとして——。

カチャリ。

どこかでドアの閉じる音がした。

夕里子は廊下をもう一度覗いたが、何の気配もない。——気のせいか?

そうじゃない。

確かに、どこかのドアが閉じたのだ。

それは、そのドアが細く開いていた、ということ。夕里子とソフィアの話を、聞いていたのかもし

れない、ということだったのである……。

夕食は、いかにもドイツ料理らしい、ジャガイモや豚肉のローストだった。

熱いスープが、すばらしくおいしかった。

綾子も珠美も、しばし無言で食事に専念した。

車椅子のリーゼは、一人、スープも半分ほど残し、食事にもほとんど手をつけなかった。

「リーゼ。少しは食べなさい」

と、父親のフランツが言った。

「食べたくないの」

リーゼは素気なく言って、「いいじゃない。そこの日本人が、さもおいしそうに食べててくれるわ」

珠美が食べる手を止めて、

「おいしそうじゃなくて、本当においしいの。おいしいものを食べるって、生きていく最高の楽しみの一つでしょ」

と言った。

「そうだ。リーゼ、お前も生きることを楽しまなくては」

「こんな体で？」

と、リーゼは皮肉《ひにく》っぽく言い返す。

やや気まずい沈黙があった。

しかし、綾子はあまりそれを感じていないようで、

「おかわりって、あり？」

と言い出し、そのひと言で、食卓はまた和《なご》やかな空気に包まれた。

「みんなを重苦しい気分にする」

という「楽しみ」を奪われたリーゼは、不機嫌そうにパンをちぎって、スープに浸して食べ始めた。

玄関のドアで、ノッカーが鳴った。

「来客らしいな」

「どなたかしら。——いいのよ、みんな食事していてね」

アンナが席を立った。

「——きっと、ソフィアを捕まえに来たのよ」

と、突然リーゼが言った。

夕里子は一瞬ハッとした。

あのとき、話を聞いていたのはリーゼだったのか？

いや、リーゼの部屋は一階にあるはずだ。車椅子では不便なので、二階にいるはずがない。

「——ソフィア」

アンナが戻って来た。「ハンスよ」

ソフィアが腰を浮かしたとき、ハンス・ハンゼンがナチスの軍服で現われた。

「お食事中のところ、失礼します」

と、ハンスは礼儀正しく言った。

「ハンス……」

「どうだね、一緒に夕食でも」

と、フランツが言った。「昔はよく一緒に食事したものだ」

「ありがとうございます。しかし、今はそうしていられないので」

「忙しいのかね？」

「お聞きじゃありませんか？　大学のシュタイン教授が反政府活動をしていたと判明し——」

ハンスの目はソフィアの方へ向いた。「当人は逃げられないと悟って、礼拝堂の塔から身を投げました」

「まあ……。亡くなったの？」

と、アンナが訊く。

「はい。しかし、問題は彼の仲間を見付ける手がかりです」

「シュタイン先生はお独り暮しでしたね」

と、アンナが言った。

「そうなのです」

と、ハンスが肯いて、「ところが、彼の家を捜索しに行ったところ、彼の家に誰かが火を点けたのです」

ハンスの言葉は、食卓を重苦しく包んだ。

しばらく沈黙が続いた後、フランツが言った。

「悲しい出来事だ。——みんな、シュタイン先生のために祈ろう」

リーゼが眉をひそめて、

「裏切者のために祈るの？」

と言った。

「たとえ誰であれ、死者を悼《いた》んで悪いことはない」

と、フランツは言って、ハンス・ハンゼンの方を見ると、「それとも、祈りは禁じられているのかね？」

ハンスは、ちょっと迷いを見せたが、

「いえ、構いません。——どうぞ」

「ありがとう、ハンス」

と、ソフィアが言った。

一分間ほど、一家は黙って祈った。

不服げだったリーゼも、渋々という様子だったが、祈りに加わった。

一分間は長かった。——夕里子はリーゼが何か言い出すのではないかと、気が気ではなかった。

祈りを終えると、フランツは、

「それで、ハンス。ここへは何の用で？」

と訊いた。

「お嬢さんと、そちらの日本の娘さん方が、ちょうど大学に居合せたと聞いて」

夕里子はヒヤリとした。

「シュタインの家に火を点けたのが誰か、耳にしなかったかと……」

「ゲシュタポが調べたのでしょ？」

と、ソフィアが言った。「それならじきに分るでしょう」

「しかし、徹底的に焼けてしまってね」

と、ハンスは言った。「犯人は、ゲシュタポが到着したとき、まだ家の中にいたらしい。しかし、火を消そうとしている間に、川へ飛び込んで逃げたようだ」

夕里子はもちろん母親のアンナの方を見たりしなかった。アンナが、ずぶ濡れになったソフィアと夕里子のことを、考えないはずがない。

「――何か大学で耳にすることがあったら、ぜひ知らせてくれ」

「気を付けておくわ」

と、ソフィアが言った。

「それと、もう一つ」

ハンスはポケットから白い封筒を取り出して、ソフィアの方に歩み寄ると、差し出した。「舞踏会の招待状だ。ぜひ来てほしい」

ソフィアは静かに封筒を手にすると、

「できるだけ伺うわ、ハンス」

と言った。

「ぜひ来ておくれ、ソフィア」

と、ハンスはくり返した。「七時に迎えに来るよ。いいね？」

ソフィアも、これ以上拒《こば》むことはできないと思ったのだろう。

「――分ったわ」

と、小さく肯くと、「仕度して待っているわ」

「ありがとう」

ハンスはホッとしたように微笑んで、「それから――日本からおいでのお嬢さん方もご一緒に、いかがですか?」

夕里子は面食《めんく》らって、

「お気持は――。でも、私ども、そんな場に着て行くものも持っていませんし」

「あら、私やリーゼのを貸してあげるわよ」

ソフィアが夕里子を見て、「一緒にいらっしゃいよ、ユリ」

ソフィアの目は、哀願するように夕里子を見ていた。

「一人で行きたくないの。お願い、ユリ」

と、その目は言っていた。

「じゃあ……お言葉に甘えて」

と、夕里子は答えて、「リーゼも行きましょうよ。ね?」

リーゼが頬を紅潮させて、夕里子をにらんだ。

「私が舞踏会に? さぞ楽しいでしょうね」

と、挑みかかるように言う。

「あら、私たちだって、誰も踊れないもの。同じよ」

と、珠美が言った。「いいじゃない。出かけるだけだって、気が変って」

「喜んで歓迎するよ、リーゼ」

と、ハンスは言った。「では、当日に」

ハンスは帰って行った。

――食卓は少しの間、重苦しい沈黙に包まれた。

「さあ、食事をすませて」

と、アンナが促した。「衣裳《いしよう》ケースを引っくり返さないと、五人分のドレスは揃わないわね」

「私、行かないわよ」

と、リーゼがむきになって言った。「誰が行くもんですか!」

「リーゼ」

と、ソフィアが困ったように言った。

「行きたくなけりゃ、無理することないわ」

と、珠美が言った。「私だって、やりたくもないことを、上から『あんたのためだから』って押し付けられてやるのって、一番いやだわ」

珠美はリーゼのそばへ行くと、その肩をポンと叩いて、

「ね、末っ子って、そういう点、辛いのよね! よく分るわ」

リーゼはふくれっ面で珠美を見上げた。

「私は何も――」

「いいの、いいの。私にはよーく分ってるんだ、あんたの気持」

珠美は肯いて、「どうせ舞踏会に行っても、誰も話しかけてくれない。ぼんやりと隅っこの方にいて、みんなが楽しそうにしているのを見てるだけ。そんじゃちっとも面白くないもんね。やめといた方がいいわよ、うん」

リーゼは、珠美の言葉に顔を真赤にして、

「何よ、好きなこと言って! 私はね、そんなことないわ! みんな話しかけてくれるし、一人ぼっちでもないわよ!」

「無理しちゃって。いいのよ、見栄《みえ》はらなくても」

「誰が!」

リーゼはカッカしながら、「お母さん! 私にうんと派手なドレス出して!」

と言った。

「捜してみるわ」

アンナが呆れたように言って、それから珠美の方

を見た。

アンナがそっと小さく肯いて見せる。

それは、「ありがとう、リーゼを行く気にさせてくれて」という、感謝の思いをこめた微笑だった。

「――ユリ」

食事の片付けを夕里子が手伝っていると、ソフィアがそばへ来て言った。

「ソフィア。お母さん、何か気付いてらっしゃるわね」

「たぶんね。でも、大丈夫。母はナチが嫌いだから」

「そう」

「でも、ユリ、ハンスがあなた方を誘ったのは……」

「察してるわ。私たちが何者か、調べたいのよ」

「あなた方は同盟国の留学生だし、何もないとは思うけど……」

「心配しないで。私たち姉妹は、ずいぶん綱《つな》渡りの状況を経験して来てるから」

と、夕里子は微笑んだ。

「ありがとう、ユリ」

ソフィアは夕里子の頰にキスした。

「それより、亡くなったシュタイン教授の友人関係や、出入りしていた場所を、ゲシュタポは調べるでしょうね」

と、夕里子は言った。

「そうね。まさかシュタイン先生が反ナチの運動をしていたなんて、思ってもみなかった」

「ソフィア。たとえ成り行きにせよ、私もあなたも、係り合わざるを得ないことになっているのよ」

「そうね。――でも、いずれ、こうなったと思うわ」

「命がけの任務でしょ」

「ナチのために戦場へ駆り出されて死ぬより、ナチと闘《たたか》って死にたい」

「死ぬなんて、だめよ！」

夕里子はソフィアの肩をつかんで、「戦争はいつか終るわ。あなたみたいな若い人たちが、生き残って新しいドイツを作らなくちゃ！」

「ありがとう」

ソフィアは夕里子の肩を抱いて、「あなたって、とても年下とは思えないわね」

電話が鳴った。

「ソフィア、出て」

と、アンナが声をかける。

「はい！」

ソフィアは駆けて行って、受話器を上げた。

「もしもし。――ああ、私よ。ソフィア」

ソフィアの声が小さくなる。

「――夕里子」

綾子がやって来た。

「お姉さん、舞踏会では気を付けてね」

「踊ってて、人の足を踏まないように？」

「それもあるけど、私たちの身許《みもと》を向うは探りたいのよ」

「向う、って？」

「つまり――ゲシュタポね、たぶん」

「そう……」

綾子はよく分っていない。

「色々話しかけられても、適当に答えておいて。細かい話になると、ボロが出る」

綾子はため息をついて、

「私、帰りたいわ、二十一世紀に」

と言った。

むろん、夕里子だって同じである。

しかし——今の夕里子は、ソフィアの言う「反ナチ運動」が、これからどうなるか、放って行けない気がしていた。

「さあ、舞踏会だ!」

と、珠美が楽しげにやって来た。

「あんた、うまくやったじゃないの」

夕里子は、珠美の肩を叩いた。

「ざっとこんなもんよ」

珠美は得意げに言ってから、「舞踏会って、食事出るのかな?」

と訊いた。

7　しのび泣き

ドイツ料理は、大体塩気が強い。

そのせいだろうか。夕里子は夜中に、喉《のど》が渇《かわ》いて目が覚《さ》めた。

起き上って欠伸をした。――珠美は結構盛大な寝息をたてながら、眠り込んでいる。

「お水、一杯飲んで来よう」

と、夕里子は呟いた。

部屋を出た夕里子は、他の人を起こしてもいけないと、用心して物音をたてないようにしながら、階下へと下りて行った。

台所で、コップを一つ出して冷たい水をガブガブ飲んだ。喉の、ひりひりとした刺激がおさまり、ホッとする。

台所を出ようとした夕里子は、誰かが階段を下りて来る気配に、足を止めた。

別に悪いことをしているわけではないから、気軽に「今晩は。喉が渇いたんで、お水を飲みに来たの」と、声をかけても良かったのだが、その「誰か」も、足音を忍《しの》ばせていることに直感的に気付き、話しかけない方がいいのかもしれない、と思ったのである。

――下りて来たのは、ソフィアの母、アンナである。

台所から夕里子がちょっと顔を出して覗いていることには全く気付かず、アンナは居間へ入って行った。

廊下の弱い明りにも、アンナが暗く、思い詰めた表情でいるのが分った。夕食のときの「母親の顔」とは全く違う。

なぜか明りもつけず、暗い居間の中へ入って行ったアンナは、ソファに腰をおろしたようだ。

夕里子は、どうしたものか迷っていたが……。

やがて、暗い居間から、何かが聞こえて来た。

夕里子にも、それが何なのかすぐに分った。泣いているのだ。

母、アンナが、暗がりの中で、一人声を押し殺して泣いている。——一体何があったのだろう？

抑えても抑えても、溢《あふ》れ出る涙を止めることはできないようだった。そして、時折洩《も》れる深いため息は、聞いている夕里子すら胸が痛むような、切ない感情に満ちていた……。


そのとき——突然、居間の明りがついて、アンナがハッと息を呑む気配が伝わって来た。

「——あなた」

と、アンナが言った。

居間へ入って行ったのは、フランツだったのだ。いつの間に下りて来たのか、夕里子も全く気付かなかった。

「アンナ」

と、フランツが言った。「泣いているのか」

「いえ、別に……」

否定しても無理だった。アンナもそれは分っていたろう。

「——シュタインは気の毒なことをした」

と、フランツが言った。

アンナは何も言わない。

夕里子は息を殺して、居間から聞こえて来る話し声に耳を傾けていた。

「だが、私はシュタインのために祈った。祈ることはできる。しかし、泣くことはできない。アンナ、お前も私が泣くことは期待していないだろう」

「あの人は死んだのよ。もう責めないであげて」

アンナの声は弱々しかった。

「死ねば罪が消えるとでも言うのか」

フランツは険しい口調で言った。

「あなた……」

「シュタインが、ナチに抵抗していたことは評価してもいい。志を貫《つらぬ》いて、自《みずか》ら命を絶ったことも」

フランツは少し間を置いて続けた。「――しかし、人の妻を奪ったことは別だ。赦《ゆる》せと言われても、今はまだ……」

「あなた。――私を責めて。死者に鞭《むち》打つようなことはしないで」

「アンナ。死んでも奴のことをかばうのか」

「違います！　あの人とは――もう別れる決心をしていた……」

――夕里子は息を呑んで、話に聞き入っていた。

あのシュタイン教授とアンナが……。

まるで、「堅実な家庭」を絵に描いたようだと思っていたのに……。

しかし、夫と妻の間に、他人にはうかがい知れない溝も、隙間もあったのだ。――男と女の仲である以上、当り前のことかもしれない。

「お前は前にもそう言った」

「あなた……。私は寂しかったのよ。あなたは仕事ばかりに打ち込んで、私を愛してくれることなど忘れていたわ」

「だからといって、お前は妻や母親の義務を投げ捨てたことを、止《や》むを得なかったと言うのか」

「私は自分の罪を認めているじゃありませんか。シュタインが悪いのではありません。あの人は、もともと少し女にだらしのない人だった」

アンナの声に、苦々しい色が混った。

おそらく、アンナとの関係が続いている間にも、他の女と付合っていたのだろう。

アンナも苦しんだに違いない。

フランツも、おそらくそれは分っている。しかし、夫として、一家の長として、そう簡単に妻とシュタインを赦せないのだ。

それにしても――。夕里子が気にしていることは、このことをソフィアが知っていたのか、ということだ。

フランツが言った。

「シュタインと会って、話した」

「――いつ？」

「おとといだ」

「あの人は……何と言ってたの？」

アンナの声に不安が聞き取れた。

「あいつは、お前と別れないと言った。逆に、私に、お前と別れてほしいとまで言ったよ」

「まさか！」

「本当だ、お前が愛しているのは自分だけだと、自信たっぷりに言った」

「それで……あなたはどうしたの？」

「どうしたかな？　妻を寝取られた夫は、どう振舞うべきだと思う？」

――恐ろしいような沈黙があった。

「私を苦しめて喜んでいるの？」

アンナは、震える声で言った。

「それは不当な言い方だな、アンナ！」

フランツが高圧的な口調で言った。「お前を苦しめる、だって？　私が？　――馬鹿なことを！」

フランツは笑った。

「あなた。――子供たちが目を覚ましたら困るわ」

「私が困るようなことを、お前が言うからだ」

「でも――」

「私がお前を苦しめるだって？　私がお前とシュタインにどれだけ苦しめられたと思っているんだ？　それに比べれば、お前の苦しみなど、ものの数にも入らん」

そう言われれば、アンナも言い返す言葉がない。

「――罪は償《つぐな》います」

と、アンナは言った。「でも今は――こんな状態で、この家を出て行くのは……」

「それは許さんぞ」

と、フランツは脅《おど》しつけるように言った。

「ここを出て、好き勝手に暮したいのか。しかし、そうはいかん。お前は一生この家にいて、妻と母親の役目を果すんだ」

「あなた……」

「何ならシュタインの写真をマントルピースに飾ってもいいぞ。いつも、自分のしたことを忘れないためにな」

「ナチに見付かったら大変でしょう」

「大丈夫さ」

フランツのその言葉が、アンナの中の何かを打ったようだ。

アンナは、しばらく無言で夫を見上げていた。

「――その目は何だ」

と、フランツが言った。

「まさか……。あなた、まさかそんなことをしないわね」

「何の話だ」

「シュタインが——反ナチの運動をしていることを……」

アンナも、それ以上は言えない様子だった。

話を聞いていた夕里子にも、アンナの胸にきざした恐ろしい疑いが理解できた。

フランツは、おとといシュタインと会ったという。そこで、アンナと別れる気はないと本当にシュタインが言ったとすれば……。

おとといの出来事。そして今日、ゲシュタポが大学へ乗り込んで来たこと。

その二つにつながりがあったとしたら……。

「——私が、シュタインのことを密告したと思うのか、ゲシュタポに」

アンナは黙っていた。フランツは、

「もしそうだったら?」

たとえ、アンナを試すためだったとしても、そのひと言はアンナを打ちのめした。

「あなた……」

青ざめたアンナは、身を引いて「何てことを!」

「『もし』と言ったんだ」

フランツは冷ややかに笑って、「シュタインが、そんなことをしているとは、知らなかった。密告したくても、知らないことは密告できないさ」

「——本当なのね」

「ああ」

アンナは深くため息をついた。

「分ったわ」

アンナは立ち上ると、「——もう、シュタインのことは言わないで下さい。子供たちの前では、特に」

と言った。

「言わなくても、いずれ知れるさ」

「分るわけがないわ。——あなたが言わない限り」

「それは私にも分らんな。いつか、つい口を滑らすことがあるかもしれない」

夕里子は、フランツという男に失望した。

確かに、浮気したアンナの方が悪いには違いないが、フランツの態度もひどすぎる。

「——おやすみなさい」

アンナは疲れ切った足どりで居間を出て、階段を上って行った。

夕里子は、出て行くわけにもいかず、じっと息を殺して、フランツが二階へ上って行くのを待っていた。

フランツは、アンナがいなくなると、居間の中を歩き回りながら、何やらブツブツと呟いていた。当然ドイツ語だろうが、聞き取れない。

フランツは、ソファにドサッと腰をおろした。そして——声を殺して泣き出したのである。

夕里子は息を呑んだ。

フランツもまた、深く傷ついている。

だからこそ、アンナに対してああいう態度に出たのだろう。

だが、それはほんのわずかの時間だった。

フランツは、ソファから立ち上ると、「厳格なドイツの父親」というイメージに戻り、居間を出て行った。

やれやれ……。

夕里子はホッとした。

居間の明りは消えている。——しかし、すぐに上って行くと、夫妻に、聞いていたことを気付かれそうで、少し待つことにした。

廊下のきしむ音がした。

何だろう？

覗いてみると、車椅子を操って、リーゼがやって来た。

そうだった。リーゼは車椅子なので、一階で寝ている。

リーゼが――やはり今の話を聞いていたのか？

夕里子は、リーゼが階段の下で車椅子を止め、しばらく何か考え込んでいるのを見ていた。――顔が影になって、表情が分らない。

やがてリーゼは廊下を戻って行った。

夕里子がやっとの思いで二階へ戻ったのは、さらに十分ほどしてからだった……。

8　舞踏会

「珠美！　仕度できた？」

と、夕里子は声をかけた。

「入っていいよ」

と、返事があって、夕里子はドアを開けた。

「――お姉さんは？」

綾子の姿が見えない。

珠美は指さして、

「バスルームにたてこもってる」

「ええ？　どうして？」

「本人に訊いて」

夕里子はため息をついて、バスルームのドアを叩いた。

「お姉さん！　――どうしたのよ！」

しばらくして、

「何か用？」

「――もう出かける時間よ！　何をすねてるの？」

――問題の「舞踏会」当日。

もちろん、浮かれた気分で出席するような会でないことは、夕里子とて承知だ。

しかし、三人とも、アンナの用意してくれたドレスを着て、まるで名画から抜け出たような――は言いすぎか――姿になって鏡の前に立つと、そこは女の子で、胸ときめくのを覚《おぼ》えずにはいられなかった。

「あら、もうそんな時間？」

アッサリとドアが開いて、綾子が現われる。

「何よ、『たてこもってる』とか言うから……」

「誰が？　私、鏡に見とれてたのよ。私ってこんなに美しかったんだわ、って。――そう思ったら、今度は心配になって来て」

「何が？」

「今日の舞踏会、あんたたちは子供だからいいけど、私はもう大人でしょ。出席した現地の男性からプロポーズされたらどうしよう、と思って。もちろん、お受けする気はないけど、断って、万一そのせいで日本とドイツが戦争になったりしたら……」

「歴史が変るわね。さ、行くわよ！」

夕里子は二人を廊下へと押し出した。

――階段を下りて行くと、ソフィアと、車椅子のリーゼが、やはり目一杯のお洒落をして待っている。

「まあ、すてきよ。三人とも」

と、ソフィアが言った。

「やあ、これは見違えた」

と、フランツが笑顔で三人を見上げる。

しかし、あの夜の夫婦の話を聞いてしまった夕里子には、そのフランツの人の好《よ》さそうな笑顔が、何とも寒々としたものに見えてしまうのだった。

「ドレスを着ると、一応三人とも女に見えるわね」

と、リーゼが言った。

「もう、憎まれ口ばっかり言って！」

と、ソフィアがリーゼの頭をつついた。

「髪が乱れるわ、よして」

「そろそろ時間ね」

と、アンナが玄関に置いてある大きな置時計を見て言った。

「あの連中も、時間だけは正確だ」

と、フランツが皮肉っぽく言って、「ほらな」

確かに、車の停る音がした。

そして、ドアをノックする音。

フランツがドアを開けると、ナチの将校の制服姿のハンス・ハンゼンが立っている。

「お迎えに上りました」

「ありがとう。娘たちも仕度はできている」

ハンスは進み出ると、

「ソフィア。美しいよ」

と言った。

「ありがとう」

ソフィアは微笑んだが、嬉しそうではない。

「私は？」

と、リーゼが口を尖《とが》らす。

「とてもチャーミングだよ、リーゼ」

と、ハンスは言って、「では出かけましょう」

「帰りは送って来てくれるな」

「もちろんです。僕が責任を持って、こちらまでお送りします」

「よろしくね、ハンス」

と、アンナが言った。

ソフィアがリーゼの車椅子を押して外へ出ると、

「おい、お手伝いしろ」

ハンスの命令で、車を運転していた兵士が急いで駆けてくる。

「日本のお嬢さん方は、後ろの車へどうぞ」

ハンスは、二台目の車を指した。「マリアンネも乗っているよ」

「あら」

ソフィアは、後ろの車の窓から手を振っているマリアンネ・タウバーへと手を上げて見せた。

珠美は、真赤なドレスのマリアンネを見て、

「消防車だね、まるで」

と呟いた。

「しっ。聞こえたら……」

「日本語は分んないよ」

「ともかく、早く車に」

ソフィアとリーゼが、ハンスの同乗する車へ、夕里子たち三人姉妹は、もう一台へと乗り込む。

そろそろ薄暗くなっている。向うへ着けばすっかり夜だろう。

「失礼します」

と、夕里子はマリアンネに会釈した。

「あなた方がシュルツ家に来たとき、会ったわね」

と、マリアンネは言った。

車が走り出し、少しすると、兵士を大勢乗せたトラックとすれ違った。

「大学へ行くのかしら」

と、マリアンネはトラックを見送って、「方向から言って、たぶんそうだわ」

「大学へ何をしに?」

と、夕里子が訊いた。

「大学の図書館でね、ナチを中傷するビラが見付かったんですって」

マリアンネの言葉に、夕里子は一瞬ドキッとしたが、顔には出さなかった。

「へえ……」

「何百枚もあったそうよ。これから、作った奴を捜しに行くんだわ」

夕里子は前を行くソフィアの乗った車へと目をやった。

反ナチのビラ……。

夕里子は、自分の乗った車の前を行く、ソフィアたちの車を見ながら、ソフィアはそのことを知っているのだろうか、と思った。

「恩知らずよね、全く」

と、マリアンネが顔をしかめて、「ヒトラーのおかげで、失業も減って、暮しも良くなったっていうのに。何が気に入らないのかしら」

夕里子は何も言わなかった。

ドイツは、第一次大戦の敗北で、莫大な賠償金を課せられた。国民の暮しは貧しく、インフレもひどかった。

その国民の不満を利用して勢力を伸したのがヒトラーの率いるナチスだった。

多くの人は、言論の自由より明日の食事が大切なのだ。確かに我が子を飢えさせて、理想を説《と》いても説得力はない。

今のドイツ人の多くは、マリアンネのように考えているのだろう。


けれども――そのヒトラーは、第一次大戦のときとは比較にならないほど、ドイツを破壊し尽くすことになるのだ。

「マリアンネ」

と、夕里子は言った。「そのビラの話、誰から聞いたの？」

「――友だちからよ、大学の」

返事の前に、一瞬の間があった。

それは事実ではないだろう。マリアンネが友だちから聞くのには、ある程度時間がかかっているはずだ。

ゲシュタポが、そんなにのんびりと出動して行くはずがない。

マリアンネには用心した方がいい、と夕里子は思った。

しかし――ともかく今はどうすることもできな

い。

「舞踏会っていうぐらいだから、踊るのよね。でも、何を踊ればいいのかしら」

と、綾子は呑気な心配をしている。

「何を踊れば、って、綾子姉ちゃん、どうせ何も踊れないじゃないの」

「はっきり言うわね。一応、体裁《ていさい》ってものがあるでしょう」

「体裁じゃ踊れないよ」

珠美は正直である。

夕里子は、舞踏会のことを考える余裕がなかった。

それでも、一応マリアンネの方へ、

「会場はどんな所なの？」

と訊いた。

「そりゃあ……」

と、マリアンネは得意げに鼻を動かし、「今をときめくナチスの主催ですもの！　古い本物の宮殿の大広間よ」

「そう……。まだ大分遠いの？」

「じきよ。ほら、見えて来た」

マリアンネが顎をしゃくって見せる。

暮れかける空に、高い塔のシルエットが浮かび、その建築物の正面には、大きなカギ十字のナチの旗が下っていた。

「——着いたわ！」

マリアンネがため息と共に言った。

宮殿の正面には、すでに何台もの車が停っていて、明るい光の溢れる内部へと吸い込まれて行く人々の姿があった。

二台の車は同時に横づけになり、昔の召使の衣裳をつけた男性が素早く駆け寄って来てドアを開けて

くれる。

「ありがとう。——お姉さん、ドレスの裾《すそ》を踏《ふ》んで転ばないでね」

大したことではないが、やはり言わずにいられなかった。

ハンスが車を降りると、立っていた兵士を呼びつけた。

ハンスの命令で、兵士二人が車からリーゼの車椅子を下ろし、それからリーゼを抱えて車椅子に座らせた。

夕里子は、兵士たちに車椅子ごとかつがれて、リーゼが嬉しそうに頬を赤らめているのを見た。

ソフィアは、ハンスに腕を取られて、まぶしい光の溢れる館の中へと入って行った。

夕里子には、ソフィアが大学への手入れのことを知っているかどうか、気になった。


しかし、ハンスがぴったり寄り添っていて話ができない。

「さあ、どうぞ」

ハンスは、夕里子たちの方へ微笑んで見せた。

その笑顔は、本心からのものではない。——夕里子は、むしろ憎しみや軽蔑《けいべつ》の気持が見てとれるように思った。

気のせいか？　色々、映画や記録映像で見ているナチの制服のせいだろうか。

夕里子にも分らなかった。

「じゃ、行きましょ」

夕里子は、綾子と珠美を促して、正面の入口を入って行った。

「キャッ！」

綾子が、自分のドレスの裾を踏んで転んだ……。

「わあ……」

と、珠美が声を上げた。「これって、CG?」

「映画の中じゃないのよ。コンピューターグラフィックってことはないでしょ」

夕里子も、しかし珠美の気持はよく分った。

大広間は正《まさ》に向う側が遥かかなたの広さ。ズラリと並んだシャンデリア。そして、着飾った男女の群……。

「『戦争と平和』より凄い」

と、綾子が、最近DVDで見た映画を思い出して言った。

「でも――」

珠美が一転、不安げに、「食べるものはどこにあるの?」

「知らないわ。――珠美、お姉さんを頼むわね。私、ソフィアと話があるから」

と、夕里子は言った。

「でも、いい男が来たら、綾子姉ちゃんなんか放っとくかも」

「あんたにはアメ玉くれるくらいが関の山よ」

夕里子は、にぎやかに談笑する人々の間を縫《ぬ》って、ソフィアの後を追った。

しかし、ハンスがしっかりとソフィアの腕を取り、会場に居合せた上官らしいナチの将校たちへ、ソフィアを紹介して回っている。ソフィアは、全く一人になる機会がなかった。

夕里子も、ハンスに怪しまれるのを心配して、少し離れて、何気なく歩き回っているふりをせざるを得なかったのである。

――目がついソフィアの方へ向いていた。

「あ、失礼しました」

誰かの大きな背中にぶつかった。

振り向いたその男は、

「おお、君か」

と、相好《そうごう》を崩した。

「クラウス先生」

ミュンヘン大学で会った、赤ら顔の教授である。

「君は――ユリだったかな？」

「そうです」

「いや、美しい！　若さの持つ輝きには、どんな宝石も勝てん」

「先生――ここへは来たくなかったんじゃ？」

「もちろんさ。しかし、ここでは旨《うま》いビールが好きなだけ飲める。それに君のような美しい娘たちに会える」

実際、クラウスはもうビールのグラスを手にしていた。「ま、連中のことは許せんが、ビールに罪はない」

「そうですね」

夕里子は、ちょっと周囲を見て、「先生。大学に兵士が大勢向いました」

と、小声で言った。

「うん？　ああ、この広間はなかなか大したもんだろう」

周りの話し声がうるさくて、夕里子の言葉が聞こえていないようだ。

「先生、そうじゃなくて――」

と、夕里子は言いかけて、ソフィアとハンスが大分離れてしまったことに気付いた。

このままでは、人ごみに紛《まぎ》れてしまう。

夕里子は急いでソフィアたちの後を追ったが、途中、飲物の盆を手にしたボーイに呼び止められ、

「お嬢さん、いかがですか？」

と訊かれた。

いらない、と答えようと思ったが、何か飲物を持っていた方が、この会場を歩き回っていても自然に見えるだろうと思い直し、りんごのジュースのグラスをもらった。

しかし、そのほんの何秒かの間で、ソフィアとハンスの姿は全く見えなくなってしまった。

仕方ない。——ともかく歩き回っていれば、その内見付かるだろう。

夕里子が少しゆっくりした足どりで、ナチの軍服の中を抜けて行くと、

「日本の娘さんかな?」

と、声をかけられた。

「——はい、そうです」

軍服ではない、普通のスーツだが、いかにもきちっと分けた金髪、真白なワイシャツ、ピシッと身に合ったズボンなど、まるで軍服を着ているような印象があった。

銀ぶちのメガネの奥の青い目は、どこか冷ややかな色をしていた。

「ハンス・ハンゼンから聞いているよ。姉妹三人で留学しているそうだね」

「はい、姉と妹です」

「大変いいことだ。日本とドイツは、ともかくあまりに遠い。君のような若い人たちが、互いに行き来することが、何より友好に役立つ」

「努力いたします」

夕里子は当りさわりのない返事をした。

「何か困っていることとか、手に入らず不自由しているものはないかね? 何でも、必要なものがあれば言ってくれ」

「ありがとうございます。今で充分に満足しています」

と、夕里子は微笑んで言った。

「——夕里子、ここにいたの」

突然、綾子が現われる。

「お姉さん。珠美と一緒じゃなかったの?」

「あの子、おいしいアイスクリームがあるって聞いて、そっちへ行っちゃったわ」

全く、もう!

「お知り合い?」

綾子が、そのドイツ人を見て言った。

「あの——姉の綾子です。こちら……」

「失礼。こちらが名のっていなかったね。私はノイベルト。キース・ノイベルトだ。『キース』と呼んでくれたまえ」

その男は、綾子をまじまじと眺めると、「美しい。——誠に美しい」

と、ため息をついた。

満更、お世辞《せじ》ではないらしい。

「恐れ入ります」

と、綾子も、悪い気はしない様子。

「アヤコさんとおっしゃったかな」

「はい。佐々本綾子です」

夕里子は、姉が自分の名前を間違えないで(!)言ったのでホッとした。

「ぜひ、私の別荘へ遊びに来ていただきたい」

と、キースという男は言った。

「まあ、ありがとうございます」

「大した別荘ではないが、まあ広さだけはある」

「結構ですね。雨さえ漏らなけりゃ」

夕里子は、聞いていて気が気ではなかった。

「では、次の週末では? ——お迎えに上ろう。よろしければ、ご姉妹三人でどうぞ」

具体的に誘われて、夕里子は断るか、曖昧《あいまい》にして

おこうと思ったが、口を開く前に、綾子が、

「喜んでお伺《うかが》いします」

と言ってしまった。

ドレスで着飾った女性がキースに話しかけ、夕里子はやっと綾子を引張ってその場を離れた。

「――勝手に答えちゃだめよ。本当に迎えに来るわよ、あの人」

「あんなの社交辞令よ」

と、綾子はケロリとしている。

「違うって！　日本じゃないんだから、ここは」

夕里子が渋い顔をしていると、

「あなたたち、今話してたの、誰？」

振り向くと、マリアンネがふくれっつらで立っている。

「あら、何してるの？」

と、夕里子は言った。「今の方？　確かキース・ノイベルトとか……」

「やっぱり！　いいわね、外国人は。目立つもの」

と、マリアンネは口を尖らした。

「でも――どなたなの、キース・ノイベルトさんって」

夕里子の言葉に、マリアンネは目を丸くした。

「知らないの？　本当に？」

「名前しか聞いていないわ」

「呆れた人！」

マリアンネは腹立たしげだった。

すると、突然腕をつかまれ、夕里子はびっくりした。

「ソフィア！」

「ごめんなさいね、放っておいて」

と、ソフィアは言った。「紹介したい人がいるの。来て」

「ええ……」

ソフィアは、夕里子を大広間から連れ出した。

少し落ちついて話をしたりするための小部屋があった。何人か客の姿もあったが、話を聞かれるほど近くない。

「ハンスは？」

と、夕里子は訊いた。

「ナチの偉い人たちと一緒。話が軍事上のことになったんで、私は離されたの」

ソフィアは首を振って、「ハンスがずっと私を離さないから……」

「見てたわ。ソフィア、聞いた？　大学へ兵士が大勢――」

「ハンスが得意げに言ってたわ。ビラが見付かったって……」

「何百枚も、ですってね。私、心配で」

「ユリ、その話、誰から？」

「マリアンネよ」

「やっぱりね」

ソフィアは眉をひそめた。「あの子、ヒトラーに心酔《しんすい》してるから」

「ソフィア、大丈夫なの？」

「ユリ、聞いて。――私、何とか大学へ行かなきゃならないの。舞踏会の間、ハンスをごまかしておいてくれない？」

夕里子も、すぐには返事できなかった。

「――ハンスの目をごまかせる？」

「難しいのは分ってる。でもユリ、お願いよ。あなたにしか頼めない」

ソフィアの口調は、正に切羽詰っていた。

「ソフィア。あなた、やっぱりあのビラ作りを……」

ソフィアは肯いた。

「ミュンヘン大学の学生が中心になって、グループを作ってるの。もちろん極秘よ。でも、ヒトラーについて行けば、ドイツは滅びるって思ってる子は少なくないの。もちろん、公然とそんなことを口にしたら、たちまち逮捕だわ」

「危険なことをしてるのね」

「仕方ないわ。誰かがやらなくちゃ」

命がけの行動なのだ。

夕里子も、ソフィアの頼みが無茶《むちゃ》だと分っていながら、拒むわけにはいかなかった。

「――やってみるわ」

「ありがとう、ユリ！」

ソフィアが固く夕里子の手を握る。

「手を考えないとね」

夕里子は必死で思いを巡らせた。「――いいわ。でも、ソフィア、少しだけ協力して」

「ええ、もちろん」

「これだけの会場だもの、気分の悪くなったお客を休ませておく部屋ぐらい、どこかにあるわよね」

「ええ、きっとあると思うわ」

「それじゃ、一回あなたに気分悪くなってもらわないと」

と、夕里子は言った。

大広間から、音楽が聞こえて来た。

「ワルツだわ」

と、ソフィアが言った。「みんなが呑気にワルツを踊っている間に、ドイツは滅亡に向って突進しているのに……」

「ソフィア」

夕里子は言った。「踊れるんでしょ?」

「一応ね。でも、踊りたくなんかないわ」

「だめ！　踊るのよ」

「え？」

「続けざまに踊って、気分が悪くなったって倒れるの。私が付添って、あなたをどこかの部屋で休ませるわ」

「ユリ。その間に抜け出すのね！」

「私が、立ちはだかって誰も中に入れないから」

「ありがとう、ユリ！」

「任せて。でも、大学へ行くっていっても、その格好で？」

「仕方ないわ」

と、ソフィアはドレスの裾をつまんで、肩をすくめた。

「じゃ、早速始めて」

「うん」

ソフィアが、頬を紅潮させて、大広間へと戻った。

ハンスは、ナチの高官たちと話している。

広間の中央の広いスペースは、クルクルと風車のように回る、ドレスの女性、盛装の男性のカップルで花園のようだった。

「私、その辺の男、捕まえて踊ってくる！」

と、ソフィアが足早に立ち去った。

夕里子は大広間の中を見回した。

とんでもないことを請《う》け合ってしまったけれど、仕方ない。悔《くや》んではいなかった。

「――夕里子姉ちゃん」

珠美がやって来た。

「あんた、どこにいたの？」

「デザートのテーブル。昔にしちゃ悪くないよ」

「お姉さんはどこ？　知ってる？」

「何だか、男の人と踊ってたよ」

夕里子はびっくりして、

「踊ってた？　お姉さん、踊りなんかできないじゃない」

「相手がよっぽど辛抱強いんじゃない？」

と、珠美は言った。「――ほら、あそこにいる」

見れば、滑らかに踊る人々の間に、何だかドタバタとぎこちなく踊っている――というか、相撲《すもう》でも取ってるのかと思うような動きの二人がいた。

一方は間違いなく綾子だ。そして相手をつとめているのは、金髪で青い目のドイツ人、キース・ノイベルトである。

「あの人、よく綾子姉ちゃんと踊ってるね」

と、珠美が感心している。「あ、また足踏まれた。――今度はけとばされた！」

珠美の「生中継」を聞くまでもなく、全く踊れない綾子を、おそらくあのノイベルトという男が誘ったのだろう。

綾子は、必死になればなるほど、足はもつれ、体は硬直する。

確かに、見ている間にも、綾子の靴がノイベルトの靴をギュッと踏んだり、肘《ひじ》が相手の脇腹を直撃したりしている。さぞ痛いだろうに、ノイベルトの方はにこやかな笑顔を絶やすことなく、綾子をリードしていた。

「――みっともない」

と、珠美が言った。「やめさせて来ようか？」

「放っときなさい」

それどころじゃない。――夕里子は、珠美の手を取ると、

「ちょっと来て！」

と、広間の外へ引張って行った。

「どうしたの？　何かおいしいもんでもあるの？」

「違うわよ！　ね、あんたも協力して」

と、夕里子は言った。

「いくら出す？」

「珠美――」

「分った！　でも、何に協力しろって言うの？」

「ソフィアがね、この会場を脱け出して大学へ行くと言ってるの」

夕里子が事情を説明すると、珠美はちょっと難しい顔になって、

「それはいいけどさ……」

「何よ？」

「もし、ソフィアが捕まったら？　私たちも同罪になるんじゃない？」

「まあ、それは……そうかも」

「今はナチの世の中でしょ。ここで銃殺されちゃ、二十一世紀に帰れないかもしれないよ」

「あんたの言うことも分るけど、だからってソフィアを見殺しにできないでしょ」

「じゃ、いざってときは、お姉ちゃんが一人で罪をかぶってね」

ちゃっかりした珠美の口調に、夕里子は苦笑した。

「分ったわよ」

むろん、そんなことになれば、一人で引き受けるというわけにはいくまい。

「で、どうするの、私？」

「そのときになれば分るわ」

夕里子は珠美の肩を叩いて、「お姉さんはあてにならないからね」

大広間に戻ると、綾子は相変らずノイベルトと踊っている。しかし、さっきよりは多少ましになってはいるようだった。

一曲終って、綾子が二人を見付けてやって来た。

「——ああ疲れた！」

汗びっしょりである。

「マラソンして来たの？」

と、珠美が言った。

「違うわよ。この服で走れないでしょ」

綾子は大真面目に答えた。

「見てたわ。相手の人もいい運動だったでしょ」

「夕里子、あんたもせっかく舞踏会に来たんだもの、少し踊りなさいよ。なかなか楽しいもんよ」

「ありがと。でも、私はちょっと忙しくって」

夕里子がそう言っている内に、次の曲が始まる。

「——踊りたいけど、少し休むわ」

と、綾子は言った。

「その方が、人助けだよ」

珠美がそう言って、夕里子につつかれている。


「——やあ、楽しんでるかい？」

やって来たのは、ハンス・ハンゼンだった。

「おかげさまで」

と、夕里子は言った。「ソフィアはどこですか？」

「それが、どうも見当らないんだ」

と、ハンスは少し顔をしかめた。

しかし、「放っておかれている」と考えることは、プライドが許さないのだろう。

「まあ、子供じゃないんだし。きっと誰かと踊ってるんだろう」

と、肩をすくめる。「そういえば、君はノイベルトさんと踊っていたね」

「ええ」

綾子は肯いて、「とても上手な踊りで」

上手《うま》いも下手《へた》もないだろうが。

「珍しいよ。僕も、あんなに楽しげに踊るノイベルトさんを見たのは初めてだ」

夕里子は、

「ノイベルトさんって、どういう方なんですか？」

と、訊いた。

ハンスは目を丸くして、

「知らないのかい？ ――まあ、あまり表舞台に出る人じゃないからな。あのノイベルトさんはね、親衛隊の幹部だ。いや、軍人というより、むしろ総統の特に親しい友人の一人だよ」

「ヒトラーの？」

「総統と呼びなさい」

「失礼しました。総統閣下の親友でいらっしゃるんですか」

と、夕里子は言った。

「うん。普通じゃ、そう気安く口もきけない人だよ」

ヒトラーの親友！

綾子は、そう聞いても、別に何とも感じていない様子で、

「今もまた誘われちゃった。週末に迎えに来るって。別荘へご招待して下さるってよ」

「ノイベルトさんが？ それは凄い」

ハンスは驚いている様子だった。

「ハンス。――ご招待は本気でしょうか？」

と、夕里子は言った。

「むろんさ！ ノイベルトさんは、そんなことを冗談で言う方じゃない。――凄いことだよ。あの人の別荘に招《よ》ばれるなんて」

やれやれ……。

「ちゃんと週末、仕度して待っていなきゃいけないよ。時間通りに迎えが来る。ドイツらしい正確さの典型がノイベルトさんだからね！」

お姉さん……。とんでもない相手に気に入られちゃったもんだわ。

と、夕里子が内心ため息をつく。

そのとき、ハンスが、

「ソフィアだ。——踊りに夢中だな」

と、首を伸す。

そして——突然、何人かの男女がバタバタと倒れた。

「ソフィア！」

ハンスが駆け出した。

夕里子も、すぐにハンスの後を追った。

転倒した男女が、口々に何か言いながら立ち上る。そして——一人、床に倒れたままなのはソフィアだった。

「どうしたんだ！」

ハンスが厳しい口調で言うと、ソフィアのパートナーだった少年は真青になって、

「分りません！　本当に何もしません！　突然、彼女が倒れたんです！」

と、必死で弁解する。

夕里子はソフィアのそばへ膝《ひざ》をついて、手首の脈を取った。

「大丈夫。脈はしっかりしてるわ」

と、夕里子は言った。

あんまり具合の悪いようなことを言って、ハンスが病院へ運ぶと言い出したら困るからだ。

「少し興奮して踊り過ぎたんでしょ。貧血を起こしたんだと思います。しばらく寝かせておけば……。どこか部屋はあるでしょうか？」

「訊いて来よう」

ハンスが、会場の係を捜しに行く。

ソフィアがそっと細く目を開けた。夕里子は小さ

く肯いて見せる。

「——二階に、横になれる部屋があります」

と、駆けつけて来た係の男が言った。

「じゃ、すぐに運ぼう」

と、ハンスが言った。

係の男性二人が、ソフィアを抱き上げて、大広間を出る。

夕里子は、珠美の方へちょっと手招きした。

綾子は、汗をかいて喉が渇いたのか、ジュースをもらって、おいしそうに飲んでいた。

広い階段を上り、少し奥の方の部屋に、柔《やわ》らかいベッドがあった。

「来客の宿泊用の部屋ですが、今夜は泊る方はありません」

「ありがとう」

と、ハンスが礼を言った。

「ハンス。後は私たちに任せて下さい」

と、夕里子は言った。「ドレスがきついと思いますから、ボタンを外して、それでも楽にならなければ、脱がさないといけません。男の方は遠慮していただきたいんです」

「なるほど。いや、それは当然だな」

ハンスは納得した様子だった。「君たちに任せていいのかな。申しわけないね」

「いいえ。ソフィアは親友ですもの」

「分った。じゃ、よろしく頼む」

ハンスが微笑んで、「用のあるときは、いつでも呼んでくれ」と言って、部屋を出て行った。

夕里子は、ドアを細く開けて、ハンスが階段を下りて行くのを確かめると、

「ソフィア。もう大丈夫。ハンスは行ってしまったわ」

と言った。

「ありがとう、ユリ！」

ソフィアはベッドから飛び起きた。「私、行くわ」

「気を付けてね、ソフィア」

「ええ。あなたたちにも迷惑かけることになるもの。必ず戻って来るわ」

ソフィアは夕里子の手を握りしめると、「ありがとう」と、くり返した。

「待って、ソフィア」

夕里子はドアを開けて、「でも――その格好で、階段を下りて行くのは危険すぎるわ」

「分ってるけど……」

夕里子は額に指を当てて考え込んでいたが――。

「そうだわ。――五分待って。いいわね」

と言って、足早に出て行った。

「ユリは何を思い付いたの？」

「夕里子姉ちゃんは、こういう状況に慣れてるから」

と、珠美は言った。「任せとけば大丈夫」

珠美の言葉に、ソフィアはちょっと笑って、

「すてきな姉妹ね、あなたたちって」

と言った。

9　スパイ

「ノイベルトさんの別荘に？」

と、マリアンネは思わず訊き返していた。

「ええ。週末に伺《うかが》うことになってるの」

綾子は、別にそのことを自慢しているわけではない。ただ、正直だから、特に隠しだてもしない、というだけだ。

「そう。――それはおめでとう」

マリアンネの顔は、はっきり不愉快な気持を表わしていた。

「ありがとう。でも、どうして私たちなんか招待して下さるのかしら」

「そりゃあ――あなた方が日本人だからでしょ。珍しいのよ」

「それはそうね。でも日本のことを訊かれても困るわ。二十一世紀のことなら分るけど……」

と、綾子が困惑の表情を浮かべる。

「二十一世紀？」

マリアンネがふしぎそうに、「それって何のこと？」

「え？　――ああ、いえ、大したことじゃないの」

「でも、今あなた、『二十一世紀』って言ったじゃないの」

「ええ。――あのね、日本の梨《なし》のこと」

「梨？」

「〈二十世紀〉って名なんだけど、二十一世紀になったら、〈二十一世紀〉って名を変えるのかしらね。どう思う？」

マリアンネはわけが分らず、

「知らないわ、そんなこと」

と言った。

「私、ちょっとお手洗に……」

と、綾子は、まだ汗を拭《ふ》きながら、大広間から出て行く。

「――変な奴」

と、マリアンネは口を尖らした。

「やあ、マリアンネ」

声をかけて来たのがハンス・ハンゼンと分ると、マリアンネはたちまち愛想のいい女の子に変身した。

「ハンス！　すてきな舞踏会ね」

「もちろんさ。ナチの主催だからね」

「本当ね。ドイツ帝国が勝利したら、ヨーロッパはどこもカギ十字の旗で埋るわね」

「ああ。そう遠い話じゃない」

と、ハンスは言った。

「本当？　いつごろかしら」

「もうじきさ。イギリスも、連日の爆撃で悲鳴を上げてる」

「いい気味だわ」

と、マリアンネは言った。

ハンスはマリアンネを見ていたが、

「ここは暑い。ちょっと向うへ行かないか。冷たい飲物でも」

「ええ！」

マリアンネは、ハンスの行く所なら、どこでもついて行っただろう。

マリアンネはフルーツポンチを飲みながら、

「スターリングラードはもう陥落《かんらく》したの？」

と訊いた。

ハンスは口もとに笑みを浮かべて、

「ほとんどね。生き残ったソ連兵が、わずかにゲリラ活動をしてる。そう続かないよ」

「良かった！　じゃあ、戻って来るわね、兵隊さんたち」

「ああ。しかし、何分遠いからね、ソ連は」

と、ハンスは言った。「ところでね、マリアンネ」

「何？」

「君は本当の愛国者だ。いや、立派だよ」

マリアンネは嬉しそうに、

「そう言ってもらえると……。でも、みんなそうよ」

「みんなじゃない」

ハンスは首を振って、「中には、ソ連の共産主義に毒されて、祖国を愛そうとしない連中がいる」

「そんな奴、どんどん逮捕してやりゃいいのよ」

「全くだ」

と、ハンスは笑って、「問題は、そういう奴らを見分けることさ」

ハンスは真顔になる。

「――どうやって見分けるの？」

「マリアンネ」

ハンスは声をひそめて、「君にやってほしいことがある」

「私に？　何かしら？」

「君、〈白バラ〉というのを、聞いたことは？」

マリアンネが、ちょっとギクリとして、

「あるわ」

と、しっかり肯く。

「それで頼みがある。ミュンヘン大学は〈白バラ〉

の中心になっている」

「うちの大学が？」

と、マリアンネは訊き返した。

「反ナチのビラの印刷や、秘密集会など、たいていの陰謀は、ミュンヘン大学が中心なんだ」

と、ハンスは言った。

「そこまで係ってたの……」

マリアンネは、憤然として、「噂《うわさ》には聞いたことあるけど、耳を貸すのも汚らわしいと思って、無視してたわ」

「普通の大学生なら、それは理想的態度だ。しかし、君にはナチのために働いてほしいんだ」

ハンスの言葉は、マリアンネを興奮させた。

「何でも言って！」

「しっ、落ちついて」

ハンスはマリアンネの腕を取って、少し他の客から離れると、「——できれば、君には〈白バラ〉に潜入してほしいんだ」

「私が？　できるかしら？」

「もちろん、これは危険を伴《ともな》う任務だ。万一、スパイだとばれたら、命はないかもしれない」

ハンスは真剣に言った。「それを覚悟で、やってくれるかい？」

さすがに、マリアンネもすぐには返事ができなかった。

「——ハンス、もし私がこの任務をやりとげたら……。私、高い地位につけるかしら」

「もちろんさ！　君は将校になれる」

「将校？　女の私が？」

「ああ。命がけの仕事だ。誰にでもやれるわけじゃない」

マリアンネは頰を紅潮させて、

「やるわ！」

と、肯いた。

「ありがとう」

ハンスは、マリアンネの肩を叩いて、「君は僕らの誇りだよ」

と言った。

「じゃ、僕の上官に紹介しよう」

マリアンネは夢見心地でハンスについて行った……。


「さあ、これ」

と、夕里子は二階の部屋へ戻ってくると、腕に抱えた服をソフィアに渡した。「少なくとも、そのドレスよりは目立たないと思うわよ」

それは、この会場で立ち働いている女の子たちの着ていた「小間使」の服だった。

「ユリ、これをどこで？」

「一人、サボりたがってる子がいたんで、ちょっと話をしてね。——さ、急いで。白いエプロンを着ければ、少し昔風のワンピースに見えるわ」

「ありがとう！」

ソフィアはドレスを急いで脱ぐと、その服を着て、「大丈夫。少し大きいけど、おかしいほどじゃない」

「じゃ、急いで」

「ええ。行ってくるわ！」

ソフィアが張り切って出て行く。

「——危いことやってるね」

と、珠美は言った。

「さてと……。珠美、あんたソフィアの代りに寝てて」

と、夕里子は言った。

「え？」

「ソフィアの代役よ」

「だって——どう見たって、私、ソフィアに見えないよ」

「当り前でしょ。ベッドに入って、もし誰かが覗きに来たら、毛布を頭までかぶって寝たふりしてりゃいいのよ」

「簡単に言うけど……」

珠美は口を尖らして、「もし毛布めくられたら？私がナチに捕まっちゃう」

「大丈夫よ。それくらいのことで捕まるもんですか」

夕里子も、あまり根拠があって言っているわけではなかったが……。

「お姉ちゃん、寝てれば？」

「私は、ソフィアの様子を訊きに来る人がいたら、この部屋の外で『今はそっとやすませてあげて下さい』と言って、追い返すの」

「ずるい」

「何言ってるの。じゃ、お姉さんに代りに寝ててもらう？」

珠美は一瞬考えて、

「——まだ私の方が安全」

「でしょ？」

「分ったよ」

珠美は渋々ベッドへ入って、「誰も中へ入れないでよ」

と、夕里子に念を押した。

「心配しないで、おとなしくしてな。私、廊下にいるからね。眠っちゃだめよ。どうしても誰かが中を覗くと言ったら、ドアをノックするからね。そしたら——」

「毛布を頭までかぶるのね」

「そうそう。じゃ、しっかりね」

夕里子は部屋を出た。

残された珠美は、一人ブツブツと文句を言っていた。

「眠れっこないじゃないの。いつ死ぬか分らないのに。――大体、夕里子姉ちゃんは呑気で人がいいんだ。いつでも善意が通じると思ってるからね……」

珠美は欠伸をした。

「いやだ……。本当に眠くなって来た？　冗談じゃない！　やめてよ」

私は、お姉ちゃんたちみたいに呑気じゃないんだ！

この繊細な神経の珠美さまが、居眠りなんて……。

眠っちゃいけない、と思うほど、なぜか眠気がさして来て、珠美はわずか数分で眠りに落ちてしまったのである。


夕里子は、階段を上ってくる誰かの話し声に、廊下で突っ立っているわけにもいかず、あわてて隅に置かれた長椅子のかげに身を潜《ひそ》めた。

「――それで、今夜の手入れは何のためなんだ？」

上って来たのは、ナチの将校二人。――大分ワインが入っているのか、声が大きくなっている。

「大学のか？　今夜のはいわば罠《わな》だよ」

と、もう一人が言った。

「罠？」

「この舞踏会に大学の関係者を招《よ》んであるだろう？　大学内の反ナチ分子には、当然面白くない」

「だろうな」

「そこへ、『大々的な手入れがある』という情報が流れる。いかにもありそうな話だろ？　さては何か秘密が洩れたかと連中は大学へ駆けつける」

「そこを逮捕か」

「大学で待ち構えてるんじゃない。もっと外に網《あみ》を張る。そこを通りかかった者は、全員ぶち込むんだ。むろん、一般市民もいるだろうが、構やしない」

「なるほど」

「何しろ、大して力はなくても、あの〈白バラ〉のように、若い連中に反戦の気分が広がるようなきっかけになるものには、総統が一番神経を尖らしておられる」

「そうだな。新兵のなり手がなくちゃ、軍は困るわけだ」

「どうせ大した役には立たなくても、兵士は兵士だからな」

二人は笑って、

「——おい、今夜は女の方はどうなってるんだ？」

「聞いてないのか？　舞踏会が終ったら、裏口に女たちが待ってる」

「そうか。——公費で女が抱けるのなら、逃《のが》す手はないな」

「そうさ。しかし、その〈白バラ〉の方はいいのか？」

「今夜はともかく留置場へぶち込んどけばいい。明日、ゆっくり調べるさ」

「それなら、ゆっくり遊べそうだな」

二人は、最近遊んだ女の話をしながら、広間の方へと下りて行った。

——夕里子は青ざめた。

「大変だ！」

ソフィアは大学へ向っている。

途中で捕まったら……。

身許が知れて、なぜ小間使の格好で夜の町を歩いていたか、言いわけするのは容易ではない。

止めなくちゃ！

でも珠美が――。

夕里子は、一瞬迷ったが、急いで階段を駆け下りた。

「――お姉さん！」

綾子は幸い、すぐに見付かった。

「夕里子、このフルーツポンチ、おいしいわよ」

と、ほんのり赤くなっている。

「呑気なこと言ってる場合じゃないの！　来て！」

「ちょっと――。こぼれるじゃないの！」

綾子は、手にしていたグラスをあわててテーブルに置いて、夕里子に手を引張られて行った。

――二階の、珠美の寝ている部屋の前で、夕里子は手短かに事情を説明した。

「分った？　誰が来ても、中へ入れちゃだめよ」

「分ったわよ。ソフィアが寝てることになってるのね」

「そうそう。どうしても中を見せなきゃすまないってことになったら、ドアをノックして」

「はいはい」

「大丈夫？　分ったわね」

「姉を信用しなさい」

と、綾子は両手を腰に当てて言った。

「じゃ、お願いね！　私、ソフィアを止めなきゃ」

夕里子は、ドレスの裾をつまみ上げ、凄い勢いで階段を下りて行った。

「全くもう……」

と、綾子は呟いた。「ああいう風だから、女らしくならないのよね」

ソフィアを止める……。

「ソフィアって——ここで寝てるんじゃなかったっけ?」

もう混乱している。

ま、いいや。ともかく中へ誰も入れなきゃいいのよね。

綾子は、ドアの前に立って大欠伸した。

いささか酔いが回って来ていた。

「何も立ってなくてもいいんだわ」

そう。——あそこの長椅子に座ってましょ。

ドアが見えてれば同じよ。そうよ。

綾子は長椅子に腰をおろして、

「さあ。——誰も入れないぞ」

と、腕組みをした。

そして、一分後には頭を垂れてぐっすり眠り込んでいたのである。


夕里子は、やっと夜の町へと出た。

舞踏会の会場の外にはナチの兵士が立っているので、勝手に外へ出るというわけにはいかないのだ。

夕里子は、

「車の中に忘れ物をした」

と言って、何とか通してもらえた。

そして兵士たちが立ち話をしているのを見すまして、そっと外の通りへ出たのである。

しかし、夕里子もかなり焦《あせ》っていた、と言うべきだろう。

大学がどの方向か、分らない。——どれくらいの距離があるのかも。

いや、ソフィアも駆けつけようとしているくらいだから、そう遠くはあるまい。しかし、どの道をソフィアが行ったのか分らないのでは……。

そのとき、夕里子は大学の高い時計塔のことを思い出した。

あれが見えれば……。

どこか、高い場所に上れば分るかもしれない。

教会があった。――あの鐘楼へ上れないかしら？

夕里子は急いで教会の方へ駆けて行った。入口の扉は閉っていたが、小さなドアは、少しきしんだ音をたてて開いた。

中へ入ると、ひんやりとした空気に包まれる。薄暗かったが、少しすると目が慣れて来た。

どこから上ればいいんだろう？

迷っていると、

「誰だね？」

と声がした。

神父がやって来る。

「すみません……。あの――」

「その格好は？　あの舞踏会に出ている子だな」

まだ三十代かと見える、若い神父だった。舞踏会のことを快《こころよ》く思っていないらしい。

「日本人留学生なんです」

と、夕里子は言った。「あの――ミュンヘン大学へ行きたいんですが、方向が分らなくて」

「日本人か。――それでナチの主催の舞踏会に？」

「はい」

「あまり連中と係らないことだ。忠告しておくよ」

「神父さん」

この人は信用できそうだ。――夕里子は直感を信じることにした。

「今夜、大学の周囲で手入れがあるんです」

と、夕里子は言った。

「手入れだって？」

「はい。大学の周囲でゲシュタポが大学へ行こうとする学生たちを逮捕しようと待ち構えています」

神父は眉を寄せて、

「君はどこでその話を聞いたんだね？」

「舞踏会の会場で。ナチの将校が話していました」

「そうか」

「友人が一人、今大学へ向ってるんです。何とかして止めようと思って出て来たんですけど、大学へどう行けばいいのか分らなくて……」

「しかし――大学へ向っているのは、その子一人じゃないんだね？」

「はい。大学内で捜索があるって噂を流しておいて、心配で駆けつけようとするところを――」

「ありそうなことだ」

神父が肯く。「君も、追いかけて行ったら捕まるかもしれないよ」

「分っています。でも、黙って放っておくわけにはいきません」

神父はちょっと微笑んで、

「君は勇気のある子だ」

と言った。「力になろう。――追いかけて行っても間に合うまい」

「ではどうしたら……」

「鐘を鳴らす」

「鐘を？」

「教会の鐘は決った時間、決ったときにしか鳴らさない。それを打ち鳴らせば、何か特別なことが起ったと分るだろう。君の友人も、危険を察知するかもしれない」

「きっと分ります！」

夕里子は思わず神父の手を取った。「お願いします！」

「任せなさい」

神父が駆け出して行く。

夕里子はホッとして長椅子に腰を下ろした。

待つまでもなく、鐘の音が夜の町へと響き渡った。

激しく打ち鳴らされる鐘の音は、方々に反響して重なり合い、織物が織られていくように絡《から》み合って行った。

——ソフィア！　これを聞いて戻って来てね！

ひとしきり鐘が鳴り続けると、神父が戻って来た。

「これで充分だろう」

「ありがとうございます！」

夕里子は頭を下げた。

そのとき——教会の表に車の音がした。

夕里子はハッとした。

うかつだった！　当然、兵士たちが駆けつけて来る。

「奴らだ」

神父は夕里子を椅子の間へ押しやって、「身を伏せて！　何があっても出て来てはいけないよ」

「でも——」

「じっとして！」

教会の扉が荒々しく開けられ、その音が反響した。

「何のご用です？」

と、神父が言った。

踏み込んで来る靴音。——夕里子は身を伏せてじっと息を殺した。

「なぜ鐘を鳴らした！」

と、鋭く問いつめる声。

「ここは教会です。鐘を鳴らすのはふしぎではないと思いますが」

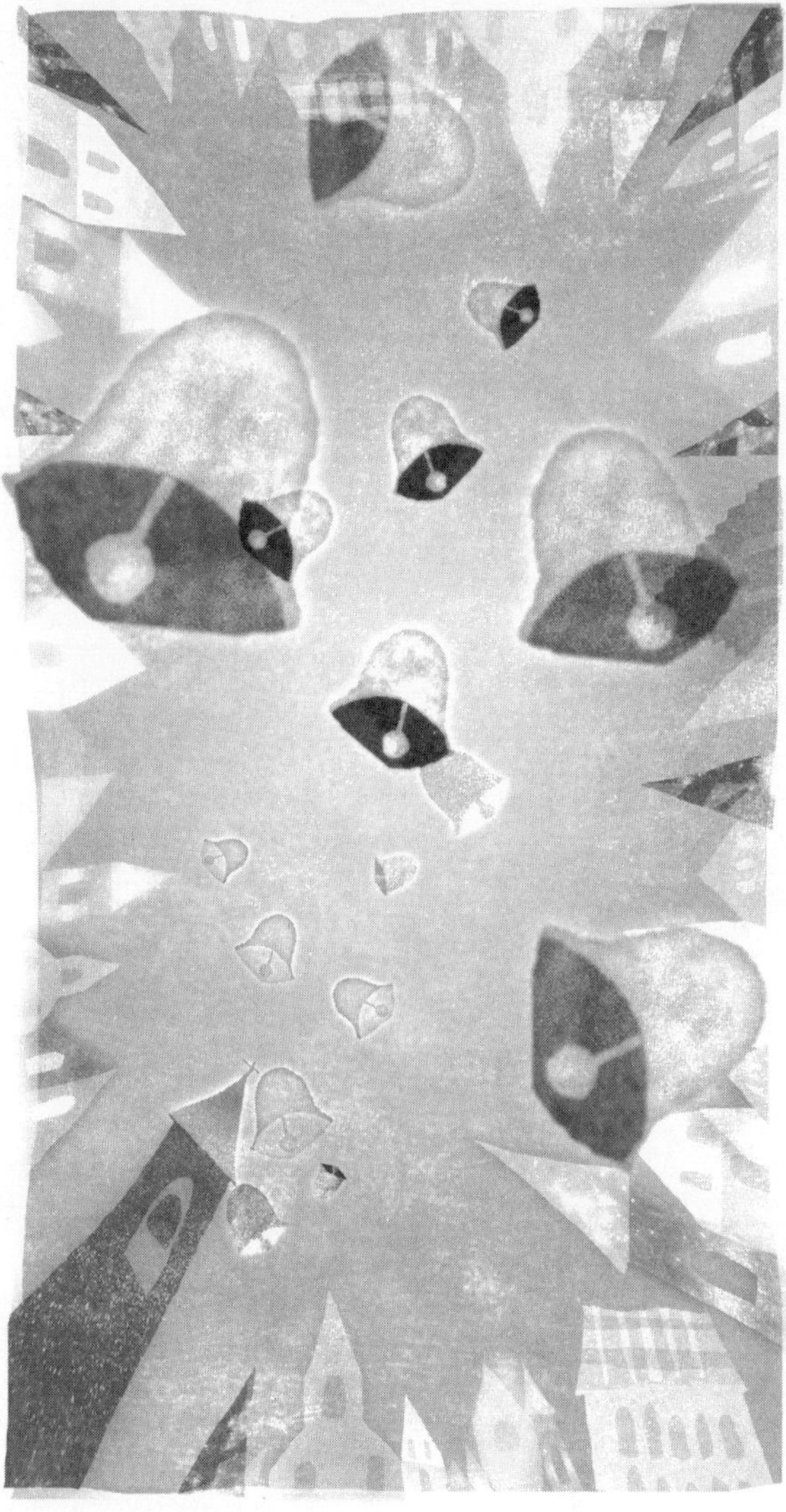

神父の口調は落ちつき払っていた。

「ごまかすな！　こんな時間に、なぜ鳴らしたのか、訊いているんだ」

「ああ、そのことなら――」と、神父は笑って言った。「このところ、どうも鐘の響きが悪くてね。調子をみようと思ったんですよ」

無気味な沈黙があった。

「――そうか」

「何なら、もう一度鳴らしましょうか？」

「その必要はない」

と言うなり、鋭い銃声が教会の中に響いた。ドカッと倒れる音。

――撃たれた！

あの神父さんが……。私のせいだ！

夕里子は叫び出したくなるのを、必死でこらえていた。

「行くぞ」

靴音が表へ出て行った。

夕里子は、車の音が遠ざかるのを聞いて、やっと体を起こし、よろけながら立ち上った。

――神父は冷たい石の床の上に仰向けに倒れていた。

額《ひたい》の真中《まんなか》に、銃弾が穴をあけ、血だまりが広がっていた。

神父は両目を開けたまま、静かな表情で死んでいた。

夕里子はそっとかがみ込んで、神父の瞼《まぶた》を閉じさせてやった。クリスチャンではない夕里子は、祈りの言葉さえ知らない。

「ごめんなさい……」

夕里子はまだ暖かい神父の手を握りしめた。

そのとき——扉の外に足音がして、夕里子は凍りついた。

奴らが戻って来たのか！　それとも誰か残っていたのだろうか。

扉がそっと開いて、

「——ユリ！」

「ソフィア……。無事だったのね！」

「この教会の鐘が——。何かあったんだと思ったの」

ソフィアは歩み出て、「神父様！」

「私のせいなの。——何とか、あなたを呼び戻したくて……。まさか、こんなことになるなんて！」

一度に緊張の糸が切れて、夕里子はワッと泣き出した。

「ユリ……。泣かないで。ユリ……」

ソフィアが夕里子を支えて立たせる。


「私が……私がこの人を死なせたの！」

夕里子はソフィアにしがみつくようにして、泣きじゃくった……。


トン、トン……。

——綾子は、どこか遠くで大工仕事をしてるんだわ、と思った。

トントン。——トントン。

いいわね。私なんか、いつもカナヅチで指を叩いちゃう。

でも、今じゃ夕里子が私にカナヅチを持たせてくれない。

「お姉さんに持たせると、どこへ飛んでくか分らないもの」

失礼ね！　そりゃあ、一度だけカナヅチが手からスッポ抜けて、金魚鉢を粉々にしたことはあるけど……。

でも、あのときだって、金魚は一匹も死ななかった……。

トントン。

「ソフィア。――起きてるかい？」

ん？　綾子は目を開けた。

大工仕事の音じゃなかった。

い、い、あのドアを、ハンス・ハンゼンがノックしているのだ。

さすがに綾子も、夕里子から、

「決して中へ入れないで」

と言われていたことを思い出した。

綾子はあわてて立ち上ると、

「待った！　待った、待った！」

と、日本語で怒鳴りつつ、駆けて行った。

ハンスがびっくりして目を丸くしている。

綾子はドアの前に立ちはだかり、

「入室禁止です」

と言った。

「ちょっと顔を見るだけだ」

「いけません！　医者の言うことに従っていただきます！」

と、綾子は両手を広げて、しっかりと言った。

ハンスは呆気にとられていたが、

「――変った人だ」

「変ってません！」

「いや、ナチの制服に向ってそこまで言えるとは、やはり変っている」

と、ハンスは笑った。

「どこの制服だろうが、言わせていただきます」

「いや、本当に面白い人だ」

と、ハンスが言ったとき、

「どなた?」

と、中から声がして、ドアが開いた。

ソフィアが立っていた。

「ハンス、あなただったの」

「具合はどうかと思ってね」

「ありがとう。休んだら大分良くなったわ」

と、肯いて、「もうお開きね」

「ああ、そろそろね」

と、ハンスは肯いた。

階段を上って来たのは夕里子だった。

「あら、ソフィア。もう大丈夫なの?」

「ええ。少しワインを飲みすぎたわ」

と、ソフィアは笑って、「心配かけてごめんなさい」

「いいえ、もうそろそろお家へ帰る時間らしいから。車に乗っても大丈夫?」

「歩いて帰ってもいいけど」

「いや、車の方がいい」

と、ハンスが言った。「通りは警戒中だからね。万一、間違って連行されたりすると大変だ」

「じゃ、仕度するわ。少し待ってて」

と、ソフィアが言った。

「手伝うわ」

と、入ろうとした夕里子を、綾子は、

「入っちゃだめ!」

と遮った。

「お姉さん。もういいのよ」

「いいの? でも……」

と、綾子は不服げ。

ハンスが楽しげに、

「いや、僕も止められてしまったよ。アヤは本当に面白い人だ」

そして、ちょっと敬礼すると、

「表で待っているよ」

と言って、階下へ下りて行く。

「――ああ」

夕里子は、寝室へ入ると、ベッドの上にドサッと倒れた。「ひどい夜だった！」

「――お姉ちゃん」

珠美がベッドの毛布から這い出てくる。

「珠美。ご苦労さま」

「どういたしまして」

珠美は大欠伸した。「それで、うまくいったの？」

「おかげさまで」

と、ソフィアが言った。

「私がいけなかったんだわ」

夕里子はすっかり沈み込んでいる。

「どうしたの？」

と、珠美がふしぎそうに言った。

「その話は後で」

ソフィアは夕里子の肩を抱いて、「あなたのおかげで、何人もが逮捕されずにすんだのよ、ユリ」

「分ってる。分ってるけど……」

夕里子は、額を撃ち抜かれていた、あの神父の死に顔を、どうしても忘れることができなかった。

「今は戦争なのよ、ユリ」

ソフィアの言葉に、夕里子はハッとした。

平和な二十一世紀からやって来て、この時代が戦時下だということを忘れていた。

こうしている間にも、ドイツ人もロシア人も、そしてユダヤ人も、死んでいる。

「ソフィア。――あなたの言う通りね」

と、夕里子は言った。「でも、どうせ大勢死んでるからといって、私の目の前で、私をかばって死んだ一人の人のことを忘れてはいけないと思う」

「ユリ……」

「私、あの神父さんに償いをするわ。必ず、何かの方法で」

夕里子は立ち上って、大きく息をついた。

「さあ、行きましょう!」

目標を持てば強くなる夕里子である。

——ソフィアと三姉妹は、広間へと下りて行った。

大分閑散《かんさん》とはしていたが、それでもまだにぎやかに笑い声をたてているドレス姿の女の子たちもいた。

「マリアンネだわ」

と、ソフィアが眉をひそめて、「何がそんなに楽しいのかしら」

マリアンネが、はた目にも分るほど「舞い上っている」のを、夕里子たちは、いぶかしげに眺めていた……。


「お帰りなさい」

シュルツ家に帰ると、玄関で母親のアンナが迎えてくれた。「リーゼ、楽しかった?」

「うん、結構もてたわ」

車椅子のリーゼも、パーティの興奮の余韻《よいん》に浸っている。

「——やあ、お帰り」

ガウンを着たフランツが居間から出て来た。

「お父さん、ただいま」

ソフィアは父の頬にキスした。

「何か町の中が騒がしかったようだが……」

「取締りがあったの」

「無事だったか?」

「私たちはね。でも——フラウエン教会のペーター神父様が射殺されたわ」

フランツは息を呑んだ。

「何ということだ！　神父様を？」

「鐘を鳴らしたというだけでね」

「恐ろしいことね」

と、アンナが言った。「さあ、みんな今夜はゆっくりやすんで」

ソフィアが思い出して、

「ユリたち、キース・ノイベルトの別荘に招待されたのよ」

と言った。

「親衛隊の？」

「ええ。向うが日本人だからって、関心持ったみたい」

「そうか」

フランツは、夕里子の方へ、「充分に気を付けて。礼儀正しいが、敵に回すと、あれほど怖い男はいない」

「分りました」

夕里子は、綾子が何を言い出すか、それが心配だった。

しかし、当の綾子は、

「ああ、くたびれた！　踊りすぎちゃったわ、私！」

と、息をついて、呑気に大欠伸をしていたのだった……。

10 山荘

こんなに昔なのに、乗心地はすばらしい。

——夕里子は、箱型のセダンに乗って、その走りが実に滑らかなのに驚いた。

「段々山の方へ入って行くのね」

綾子は、車窓から外を眺めて、ワクワクしている様子。

「そりゃ、山荘に行くんだからね」

珠美はクールである。

——週末。約束の時間、一分と違《たが》えずに迎えの車がシュルツ家の前に着いた。

三人も、きちんと用意していたので、車を待たせることもなかった。

すばらしく美しい朝だった。

本当にこれが戦時下なの？

夕里子は思わず、そう訊いてみたくなった。

——いや、きっとこんなものなのだ。

戦争といっても、全土で毎日行われているわけではない。しかし、こうしてのんびりドライブを楽しんでいる間にも、間違いなく死んで行く兵士たちがいる。

そして、気を付けて目をこらせば、家族を戦いで失った人々の沈んだ表情も目につく。

でも、どんなに苦しく、辛い日々の中でも、「日常の暮し」は存在する。

今、夕里子たちが味わっているのは、「戦争の日常」とは程遠い、心弾むような時間だったが……。

「もう間もなくです」

ハンドルを握っている兵士が言った。「お疲れでは？」

「いえ、ちっとも」

と、夕里子は言った。「すてきなドライブですわ」

「ありがとうございます」

小太りな、いかにも人の好《よ》さそうなその兵士は、心から嬉しそうだった。

「――日本人は初めてですか？」

と、夕里子は訊いた。

「はあ。お恥ずかしい話ですが、ノイベルト様から、今日のお迎えを命じられるまで、日本がどこにあるのかも知りませんでした」

「遠いですものね」

「本当ですねえ。中国とかいうと、まだ何となく分るんですが」

「こんな子供ばかりで、びっくりなさったでしょ」

「いや、本当のお年を聞いてホッとしました。とてもお若く見えるので」

と、兵士は言った。

「失礼ですけど、お名前は？」

「ヤンといいます」

「私はユリ。姉がアヤで、妹がタマです」

「珠美」

「うるさいこと言わないの」

「――いや、皆さん、よく遠くからドイツへ来られましたね。しかもドイツ語が上手で、びっくりです」

夕里子は、ヤンという兵士に好感を持った。

「――ヤンさんは、兵隊になるまでは何を？」

「商売ですか？　パン屋です」

「パン屋さん」

「ええ。それでこんなにふくらんじまって」

と、ヤンは笑った。

「ご家族は?」

「女房と二人の娘がいます。まだ四歳と二歳ですが」

「可愛いでしょうね」

「父親に似ずね」

と、照れたように、「写真、見ますか?」

「ええ、ぜひ」

ヤンがポケットから一枚の写真を取り出して、肩越しに差し出す。

そこにはヤンと、さらに輪をかけて大きな奥さんに挟《はさ》まれて、金髪の二人の幼い女の子が、少しまぶしそうに目を細くして写っていた。

「まあ、可愛い!」

と、夕里子が声を上げると、綾子と珠美も代る代る覗き込む。

だが――夕里子は、ふと思った。この戦争が終るころ、この一家は無事でいるだろうか?

「すてきなご家族ですね」

夕里子は写真を返しながら、「今はどちらに?」

「ベルリンです。うちは代々パン屋でしてね。私がいなくなった今も、女房が毎日パンを焼いてくれてます」

「そうですか」

「ご覧の通り、逞《たくま》しい女房なんでね。私なんかいなくても、毎日焼くパンの量はちっとも減っていないそうですよ」

と、ヤンは笑った。

ベルリン……。

戦争の最後まで、ヒトラーのいたベルリンは、激しい戦いの舞台となり、破壊された。

だが、ヤンはそんな日が来るとは、思ってもいないだろう。

「ヤンさん。戦争が激しくなったら、ご家族はベルリンを離れた方がいいと思いますよ」

と、夕里子はさりげなく言った。「奥さんの実家へとか……」

「ご心配いただいて、どうも。——しかし、ベルリンが戦場になることはないでしょうから」

ヤンも、そのとき、生きているだろうか？

それは夕里子にも知りようのないことだった。

「ああ、見えて来ましたよ、ノイベルト様の山荘が」

と、ヤンが言った。

山道は大きくカーブして、一気に視界が開けた。

息を呑むような緑の山並。そして黒に近い深い緑色の森。

「——あれが、山荘？」

クールな珠美も、さすがに呆気に取られている。

夕里子も息を呑んだ。——それはどう見ても「城」だった。

白亜《はくあ》の石で築かれた城。

「凄いや」

と、珠美はため息をついた。

「立派でしょう？」

ヤンが、まるで自分のことのように自慢げに言った。

「あれ、ノイベルトさんが建てたんですか？」

と、夕里子は訊いた。

「いえ、あの山荘はノイベルト様の功績に対して、総統が贈られたものです」

ヒトラーが贈った。——あの城を。

ノイベルトの、それほどの功績とは何だったのだろう？

夕里子は知りたくないような気がした。

――車は爽《さわ》やかな山の大気の中を進んで行く。

「もう間もなく――」

と言いかけてヤンはチラッとバックミラーに目をやり、「お出迎えです。ノイベルト様の」

「え？」

夕里子は窓の外へ目をやって、びっくりした。

ノイベルトが、微笑んで夕里子を見ている。――馬上から。

美しい栗毛の馬にまたがったノイベルトは、白いセーターに真紅のマフラーを巻き、それをたなびかせながら、車にピタリと並んで馬を走らせていた。

夕里子が窓を下ろすと、

「いらっしゃい！」

と、ノイベルトが声をかけた。

「お招きいただいて……」

「気楽に過してくれたまえ。――一足先に行って、お迎えしよう」

ノイベルトが馬の腹を蹴ると、馬は一気に速足になって、車の先へと駆け出して行った。

「――やっぱ、さまになってる」

と、珠美が感心している。

「いい馬ね」

と、綾子が言った。

「――さあ、あんまり失礼なこと、しないようにね」

と、夕里子は言った。

車が山荘の門をくぐる。

「わあ」

と、珠美が声を上げた。

車は中庭のような広い場所へと入って行った。砂《じゃ》利《り》道《みち》を行くと、正面の建物の大きな扉が両側へ開いて、中からチョッキに蝶ネクタイの召使と、紺のワンピースに白エプロンの小間使が次々に駆け出して来て、ズラリと左右二列に、向い合って並んだ。

総勢二十名。

「これ、全部、ここで働いてる人？」

と、綾子が目を丸くしている。

「さあ、どうぞ」

車が停《とま》ると、召使の一人が素早くドアを開けてくれる。

三人は、車を降りると、堂々たる石造りの「城」を見上げた。

「――やあ、よく来てくれた」

ノイベルトが出て来た。

さっきのセーターに、渋い色合のツイードの上着をはおっている。

「すばらしい山荘ですね」

と、夕里子は言った。

「そう言ってもらえると嬉しい。中でゆっくり寛《くつろ》いでくれたまえ」

と、ノイベルトが先に立って案内してくれる。

石造りの外観と違って、中は木の香りが快く、山荘らしい雰囲気の板貼りの部屋だった。

「――今、部屋へ案内させる」

「そんなこと……。教えて下されば自分で行きます」

「いや、初めての人はきっと迷子になるよ」

そう言われると、確かにその通りだろう。

「――お客様の荷物を」

と、ノイベルトが言うと、三人の召使が、それぞれ一人分ずつの荷物を持って、

「どうぞこちらへ」

「あの――」

夕里子は、三人の召使がそれぞれ別の方へ歩き出すのを見て言った。「三人、同じ部屋じゃないんですか?」

ノイベルトは笑って、

「この山荘には、三十の部屋がある。何も三人で窮《きゅう》屈《くつ》な思いをすることはない」

「はあ……」

いささか不安ではあったが、三姉妹は別々の方向へと別れて、長い廊下を通り、階段を上って……。

――夕里子も、

「これじゃ、とても元の場所に戻れないわ」

と呟いた。

「こちらです」

と、召使が開けてくれたドアから中へ入ると、まるで中世の城館のような造りの、広い部屋である。

確かにすばらしい。

ベッドは優に三人は寝られる大きさ。バスルームもついていて、そこだけでもちょっとしたアパートぐらいの広さがある。

召使が出て行って一人になると、夕里子は自分が山荘のどの辺にいるのか知りたくて、窓を開けて外を覗いてみた。

そして一瞬、思わず後ずさった。

窓の下は、そのまま切り立った崖《がけ》で、遥か下の谷へと落ち込んでいる。覗き込むと吸い込まれそうな気がして、夕里子は呼吸を整えた。

綾子と珠美の部屋がどの辺なのか、つかんでおきたかった。

電話がある。夕里子は、受話器へ手をのばしたが、そのとき、電話が鳴ったので、ギクリとした。

「――もしもし?」

と、出てみると、

「ユリ君だね」

ノイベルトの声だった。「部屋は気に入ってくれたかね」

「はい、もうあんまり立派なんで……。姉と妹はどこの部屋に……」

「そう離れてはいないよ。一時間ほど休んだら、少しこの近くを散歩してみないかね」

「はい、ぜひ」

「では、迎えをやるから。そのとき、お姉さんと妹さんに会えるさ」

「分りました」

「もし電話で話したければ、お姉さんの部屋は〈08〉を回して。妹さんの所は〈04〉だ」

夕里子は手早くメモを取った。

「ところでね、ユリ君」

「はい、何か?」

「君たちを一人一人別の部屋にしたのは、もちろん、ゆっくりと休んでもらうためだが、他にも理由があるんだ」

「何でしょう?」

「君とだけ、話したいことがある」

「え?」

「君は三人姉妹の中でも一番しっかりしているね。私が求めていたのは、君のような人だ」

ノイベルトの口調は微妙に変化していた。

「あの――何のお話かよく分りません」

「君に頼みたいことがある。電話では話せない。今夜、食事の後、少し付合ってくれるかね」

「それって……」

「少しドライブをするだけだ」

「――夜に、ですか」

「そう時間は取らせないよ。ただ、このことは他の二人に内緒にしておいてくれ」

夕里子は少し迷ったが、

「分りました」

と、返事をした。

いずれにしても、断るわけにいくまい。

でも、親衛隊の幹部、ノイベルトが、日本人留学生に何の用だろう？

――電話を切ると、夕里子は〈08〉と〈04〉へかけて、綾子も珠美も部屋の立派なのに感激しているのを確かめた。

二人には内緒に、と言われたが、夕里子は話すつもりだ。しかし、電話で話すと、ノイベルトに盗聴されるかもしれないと思った。

夕食のとき、何とかして話す機会を作ろう。


――夕里子は、自分のバッグから服を出して、クローゼットへしまいながら、

「何か隠された意図《いと》があるんだわ」

と呟いた。

そして、ふと思った。

この断崖に面した部屋。――これは逃げ出せないように、あてがわれたのではないだろうか……。

11　深夜のドライブ

夕食は優《ゆう》に三時間を越えた。

しかも、次々に手を替え品を替えて出される料理は山のものから海のものまで、あらゆる食材に及《およ》んだ。

量もたっぷりで、一応招かれた立場の三人は、何とか残さないように必死の思いで食べたので、食後のコーヒーが出たときには、三人とも椅子から立つのが大変なほど、体が重くなった感じだった。

「ああ……眠い」

コーヒーを飲んでも、満腹から来る眠気はどうしようもなく、広間でノイベルトの話を聞きながら、コックリコックリする始末。

「——疲れただろう。ゆっくりやすんでくれたまえ」

と、ノイベルトが言うと、三人はホッとしたのだった。

もちろん、夕里子は忘れたわけではない。ノイベルトとのドライブの約束がある。

しかし、そのことを綾子と珠美にじかに話す機会がなかった。

「じゃ、おやすみ」

「おやすみ」

「おやすみなさい……」

三人とも、そう言い合って別れるのがやっと。

——ちゃんとそれぞれに部屋まで小間使の案内がつ

いた。

「おやすみ」

と、ノイベルトが見送ってくれたが――。

夕里子の方へ素早く近付くと、

「一時間後に」

と小声で言った。

若い小間使が夕里子を案内してくれる。

「――足下《あしもと》にお気を付けになって下さい」

まだ二十歳前と見える小間使は、先に立って歩きながら、振り返って言った。

夕里子は眠気をさまそうと、

「この辺の方ですか？」

と訊いた。

「私ですか？　いえ、ミュンヘンです」

「あら。じゃ――」

「ミュンヘンに留学されているそうですね。羨《うらや》ましいですわ」

「留学といっても、遊びに来てるようなもので……」

と、夕里子は言った。「ドイツをよく見て帰りたいと思っています」

すると、その小間使は立ち止って振り返り、

「本当のドイツの姿を、見て帰って下さいね！　こんなお城に住んでるドイツ人じゃなく、どこにでもいる普通のドイツ人も」

と言った。

そこには何か切羽詰ったものが感じられた。

「それって――どういう意味ですか」

と、夕里子は訊いた。

「すみません」

と、小間使は淡々とした口調に戻り、「つい、同じような年齢の方なので……」

「おいくつ?」

「十八です。マリアといいます」

「私はユリ。十七歳です。よろしく」

夕里子が手を差し出すと、マリアという少女は、おずおずとその手を取った。

「——日本のことはよく知りません。でも、今のドイツよりはずっといい国でしょうね」

と、マリアは哀《かな》しげに言った。

「そうではありません。今、日本はドイツと一緒になって戦争しているんですから」

「——そうですか」

マリアは失望した様子で、「あなた方ご姉妹を見ていて、とても自由でのびのびしてらっしゃるので、日本には自由な空気があるのかな、と……」

「それは——」

私たちが二十一世紀から来たから、と言いそうになる。「私たちがちょっと変ってるんだと思います」

「でも、すてきだわ。『変って』いられる、ってことが」

マリアは、青く澄《す》んだ目で夕里子を見ていた。

「何かお話ししましょうか」

夕里子はマリアの腕を取った。

——バルコニーの外は底知れない闇《やみ》だった。

「ここが一番人目につかないんです」

と、マリアは言った。「でも、あんまり遅くなると、不審に思われます」

「私が引き止めたことにするから、大丈夫」

夕里子は張り出しのベンチに腰かけて、「ノイベルトさんは、ナチの偉い人なんでしょう? ここで働くって、簡単じゃないのでは?」

「ええ、もちろん。ここの料理長が父の古い友人なので、雇っていただいてるんです」

と、マリアは言った。

「何か目的があって、ここに来ているんでしょう?」

「目的……。そうですね。本当はそのはずでした。でも——時々分らなくなります。ここの暮しが、あんまり平和で快適なので、このままでいいじゃないか、って思ったりするんです」

「日々の暮しって大切ですよ」

「そうですよね。——そう言っていただけると嬉しい。でも、志を忘れてはいません。いつか機会が巡《めぐ》って来たら。——そのときには必ず」

マリアの目が暗闇の奥へ向く。

「何か、とても不安なことがあるんですね」

と、夕里子が訊くと、

「あなたはお若いのに、人の気持がよくお分りなんですね」

「そんなことありません。ただ——あなたの目を見ていると、何だかもう諦めてしまったような……。ごめんなさい。勝手なことを言って」

「いいえ」

と、マリアは首を振って、「あなたのおっしゃる通りです、ユリ。私はもう生きることを諦《あきら》めた人間です」

「そんな……。いつか、この戦争も終りますよ」

「そうでしょうね。でも、その時を生きて迎えられるとは、思っていません」

「マリア……」

「私の愛する人が、ゲシュタポに捕まって、どこかへ連れて行かれました」

と、マリアは言った。「もう一年になります。九十九パーセント、生きていないと思っていながら、心の隅で、もしかしたら、と考えているんです」

「それは当然です」

「もちろん、そんなことはおくびにも出せません。ノイベルトの前では、ナチス万歳という顔でいなければ」

「辛いでしょうね」

「もう慣れましたけど、今でも夜、ベッドで一人泣くこともあります」

マリアはハッとして、「もう戻らなくちゃ。――お部屋はすぐそこです」

「ええ、分るわ」

「ユリ……。ノイベルトはあなた方を気に入っています。もし、何かいいきっかけがあったら……」

「恋人のことね」

「ええ。ミュンヘン大学の学生で、ペーター・シュテルンといいます」

「シュテルン。――〈星〉ね」

「ええ。もし……」

「気を付けておくわ」

「ありがとうございます」

マリアが行きかける。

「マリア」

と、夕里子は呼びかけた。「あなた――もしいい機会があれば、と言ったけど、何の機会が?」

マリアはじっと夕里子を見て言った。

「ヒトラー暗殺の機会」


ドアを叩く音で目がさめた。

起きて待っているつもりだったが、つい眠ってしまったのだ。

夕里子はあわてて起き出した。

「すみません」

と、ドアを開けて、夕里子は言った。

「いや、こっちこそ無理を言ってすまない」

ノイベルト自ら、迎えに来たのだ。「出かけられるかね?」

「はい、いつでも」

と、夕里子は言った。

——使用人もほとんどやすんでいるらしい。

山荘の中は静かだった。

綾子と珠美は、さぞぐっすり眠っていることだろう。

表に出ると、昼間迎えに来てくれたのとは別の白いセダンが停っていた。

昼間の運転手、ヤンがドアを開けて待っていてくれた。

夕里子が乗るときも、ヤンは笑顔一つ見せなかった。ノイベルトを乗せるのは、やはり特別なことなのだろうか。

一人、私服だが油断なく鋭い目つきで周囲を見回しているのは、ボディガードだろう。その男が助手席に乗り、白い車は夜道を走り出した。

「——どこへ行くんですか?」

と、夕里子は訊いたが、

「向うへ着けば分るよ」

とノイベルトはとぼけた。

——明り一つない、山の中の曲りくねった道を、車は冷汗が出るほどのスピードで突っ走った。

ヤンの運転の腕の確かさに、夕里子は舌を巻いたが、さすがにヤンは一言も口をきかなかった。

一体どこをどう通っているのか分らない。

ともかく、深い木立の間を駆け抜けていることだけは分った。

そして一時間以上は走っただろう。

車のスピードが落ちたと思うと、目の前に小さな小屋が現われた。

機関銃を持った兵士が飛び出して来て、

「止まれ!」

と叫んだ。「誰だ!」

ノイベルトがチラッと顔を出すと、兵士は飛び上らんばかりにして、

「失礼いたしました!」

と、敬礼した。

車の前を遮っていたバーが上ると、そのまま車は細い道へ入る。

やがて木立の奥に、いくつかの明りが見えて来た。屋敷があるらしい。

車がその正面へ寄せると、そこは「屋敷」どころでない、「城館」だった。ノイベルトの山荘より大きいだろう。

入口を兵士が厳重に固めている。


ノイベルトと夕里子が車を降りると、すぐに玄関のドアが開いた。

金髪の、スーツ姿の男性が出て来た。まだ三十歳くらいか。

「ようこそ、ノイベルト」

と、握手をして、「いいタイミングですね」

「会議は?」

と、ノイベルトが訊く。

「五分前に終って、みんな寛いでいるところです」

「ご機嫌はいかがかな?」

「悪くありませんよ。——いい報告ができましたからね」

呆れるほど広い玄関ホール。

夕里子は、頭の禿《は》げた執事に案内されて、一人で廊下を歩いて行った。

ノイベルトは、何やら会合の方へ顔を出すらしか

ったが、

「君は軍人たちのつまらない話に付合うことはない。少し待っていてくれ」

と、夕里子へ言って、そのまま行ってしまったのである。

——案内されたのは、さほど広くない図書室だった。

天井まで届く書架に、ぎっしりと本が並んでいる。

「お飲物は」

と訊かれて、

「あの——ウーロン茶」

などとつい答えてしまった。

結局、紅茶が出て来て、少しホッとする。

ソファに座って、本の壁を眺めていると、何となく気分が落ちつく。

——一体どうして自分がここへ連れて来られたのか、見当もつかない。

「帰りたい……」

夕里子も、ついそう呟く。

今、この時代に生きるのは大変なことだ。二十一世紀も、方々で戦争はあるが、夕里子自身が巻き込まれたわけではない。

ソフィアのことも気になるが、夕里子も、こんな時代から早く脱け出したかった。

もし二十一世紀へ二度と戻れなかったら……。

いや、そんなことはない。きっと帰れるんだ！

「——この時代へ来るなんて、分っていたら、もっと勉強しとくんだった」

と悔《く》やんでも遅い。

ドアが開いた。

「待たせたね」

ノイベルトが入って来た。

「いいえ。――ここ、どなたのお屋敷?」

「今おいでになる」

廊下に足音がした。

ノイベルトがドアを開けて押え、

「ご紹介します。日本から来た留学生、ユリです」

小柄な男が入って来た。

夕里子は目を疑った。

歴史の本やドキュメントで、何度も見た顔だった。

夕里子は今、自分がヒトラーと一緒にいるのだと知って、血の気がひいた。

「やあ、よく来たね」

と、その男は微笑んで真直ぐ夕里子の方へやって来た。

これって現実?

夕里子は、このふしぎな体験の日々の中で、今これはまたその中の夢かもしれない、と思った。

だって、こんなことが起るはずが――。

その男――ヒトラーは、やや甲高《かんだか》い声をしていた。

首が短くて太い。あの口ひげ以外では、それしか目につかなかった。

ヒトラーは夕里子のすぐ正面に来ると、手を差し出した。夕里子は、とっさのことで反射的に自分も手を出していた。

女性のように柔らかい、ふっくらと肉厚な手が、夕里子の手を握った。痛いほどではないが、力強い握手だった。

「日本の女性は、やさしく慎《つつ》しみ深いそうだ。しかし、直接知り合う機会はなかなかなくてね」

と、ヒトラーは言った。

「あの……」

何か言わなくては、と思って夕里子は口を開いた。「すばらしいお城です」

「ありがとう。ノイベルトの城と、どちらが気に入った？」

そんな質問をされるとは思っていなかったので、夕里子は戸惑った。

もちろん、冷静に考えれば、「総統」の城の方がずっとすばらしい、と答えるべきだったろう。しかし、夕里子はほとんど考える間もなく、

「こちらのお城は、まだどこも拝見していませんので」

と言ってしまった。

そばにいたノイベルトの表情が一瞬こわばったが、ヒトラーが笑ったので、すぐにホッと緩んだ。

「いや、その通りだ」

と、ヒトラーは肯いて、「質問がふさわしくなかった。――君は正直な子だ」

「いえ……」

「私はいつもいつも『総統こそがすべて一番』とほめたたえてくれる連中ばかりに取り囲まれている。確かに私は偉大な人物だが、クラーク・ゲーブルほど二枚目ではない。これでも鏡は見ているからね」

「はい……」

「お世辞しか言わない取り巻きというのは、始末が悪い。――そうだろう、キース」

ノイベルトは小さく会釈《えしゃく》して、

「仰《おお》せの通りです」

「このキース・ノイベルトは、貴重な友人の一人だ。時には、『それは違います』と言ってくれるのでね」

そのとき、戸口のところで、

「失礼いたします」

と、若い兵士が敬礼した。「ヒムラー長官よりお電話が入っております」

「分った。今行く」

ヒトラーはため息をつくと、「少しは私の意向を聞かずに判断できないものか！　では、ユリ君、失礼するよ。またいずれ会えるといいが」

「はい」

夕里子も、さすがにこの独裁者へどう言っていいのか分らなかった。

「では、キース」

「おやすみなさい、総統閣下」

「まだ当分眠れんよ」

ヒトラーは足早に出て行った。

——夕里子は、今になってどっと汗のふき出すのを感じた。


今会ったのは、本当にヒトラーだったのか？

「びっくりさせてすまなかった」

と、ノイベルトが笑顔になる。

「ひと言、おっしゃって下さっていたら……」

「いや、訪ねて来ても、必ず総統にお目にかかれるとは限らないのでね」

夕里子は深呼吸をして、

「本当に驚きました」

と言った。

「しかし、これは君にとって、一生の思い出になるよ」

それは間違いない、と夕里子は思った。

「——さあ、帰ろうか」

と、ノイベルトに促され、夕里子は城館のホールへと向った。

「あら、キース」

と、スーツ姿の女性が向うからやって来て、

「もうお帰り?」

「明日は早朝からベルリンへ飛びます」

「それじゃ、お引き止めできないわね」

と、その女性は夕里子を見て、「日本の娘さんね? あなたが話していた」

「そうです」

「初めまして、ユリと申します」

と、夕里子が挨拶すると、

「よろしく。エヴァ・ブラウンよ」

ほっそりとした指が夕里子の肩に伸びて来た。

エヴァ・ブラウン! ――夕里子はどこかの本で読んだ、その名前を思い出した。

ヒトラーと共に、ベルリンで自殺した、ヒトラーの恋人である。

ヒトラーは、ソ連軍が侵攻して来て、ベルリンのあちこちで市街戦がくり広げられている中、この女性と共にピストル自殺をとげたのである。

「――どうも」

夕里子も、それ以上は何も言えなかった。

ただ、黙って頭を下げただけだった……。

12　死の崖

目を覚ますと、夕里子は、まずゆうべのできごとが夢ではなかったのかと問いかけた。

しかし、ヒトラーの手の感触、エヴァ・ブラウンの笑顔など、本や映像でも知りようがないことを、はっきりと記憶している。

――あれは本当だったのだ。

夕里子は、シャワーを浴びて頭をすっきりさせると、大きく伸びをした。

部屋のドアがノックされた。

「どうぞ」

と、声をかけると、マリアが入って来た。

「おはようございます」

と、爽やかな笑顔を見せて、「朝食のお仕度ができています。ダイニングルームへご案内しましょうか」

「ええ、お願い。迷子になるわ」

と、夕里子は言った。「他の二人は？」

「ちゃんとご案内の者が伺っています」

「良かった。少し待ってね」

「ごゆっくり」

夕里子は鏡の前で髪にブラシを入れ、身なりを整えた。

「――ゆうべはお出かけでした？」

と、マリアに訊かれて、ハッとする。

「あ……。ノイベルトさんが、深夜のドライブに……」

「まあ。あの方はそういうことがお好きですから」

と、マリアが微笑む。「それで、どこへ？」

夕里子は答えられなかった。

――機会さえあれば。

マリアはそう言っていた。

「ヒトラーの暗殺」

と……。

ゆうべ、夕里子は正に、ヒトラー当人と会って、握手までしたのだ。あのとき、もしナイフか何かを持っていたら……。

それで戦争はもっと早く終ったかもしれない。しかし、そこまで歴史を変えてはいけないのかもしれない。

いずれにしても、あのときは何の武器もなく、ヒトラーを殺すことはできなかった。

「――どこというあてのないドライブだったの」

と、夕里子は言った。「でも、大丈夫。誘惑もされなかったわ」

「それはユリさんがしっかりしてらっしゃるからですわ」

「そうかしら。――あんまり子供なので、その気が失せたのかも」

夕里子は立ち上って、「これでいいわ。行きましょう」

と言った。

ダイニングルームでは、綾子と珠美がもう朝食を食べ始めていた。

「おはよう」

と、夕里子が席につくと、

「寝坊だ」

と、珠美が言った。「綾子姉ちゃんですら起きて来たのに」

「ちょっと夜ふかししてたの」

「TVの深夜放送もないのに？」

「TVがないでしょ」

日本語の会話だから気が楽だ。

紅茶をもらって、夕里子は焼きたてのパンをちぎって食べた。

おいしい。——思わず声を上げたくなるほどだ。

夕里子はアッという間にパンを二個食べてしまった。

「お気に召しましたか」

という声に振り向くと、運転手のヤンが白い上《うわ》っぱりを着てニコニコ笑っていた。

「ああ！　それじゃ、あなたがこのパンを焼いたんですか」

「本職ですから」

と、ヤンはちょっと得意げに、「しかし、久しぶりでしてね。腕が鈍《にぶ》ったかもしれません」

「とんでもない！　本当においしいわ」

夕里子は心から言った。

「まだいくつもあります。沢山《たくさん》召し上ってください」

ヤンは心から嬉しそうだ。

夕里子は、一瞬、自分が今、「戦時下」のドイツにいることを忘れかけていた。

こんな焼きたてのパンが食べられる人はどれくらいいるのだろう？　前線の兵士、そして強制収容所のユダヤ人たち……。

そう考えると、夕里子はパンをそれ以上食べられなくなってしまった。

「いただきます」

と、ソーセージにナイフを入れる。

ヤン……。この人は戦争を生き延びて、戦後もパンを焼き続けることができたのだろうか。

「ヤン。――一つ、お願いが」

「何です？」

「あなたのパン屋さんの住所、教えて下さる？　ベルリンに行ったら、ぜひ寄ってみたいんです」

「ああ、それは嬉しい」

ヤンは手帳の一ページに走り書きすると、夕里子へ渡した。

「ありがとう。――いつ行けるか分らないけど、必ず」

「家族で大歓迎しますよ」

と、ヤンは幸せそうに笑った。

ヤンと、奥さんと子供たち……。

その内の誰が、戦火の中を生き延びるだろうか……。


「――やあ、おはよう」

キース・ノイベルトが白い制服で現われた。

「ゆっくり眠れたかな？」

「はい、充分に」

と、夕里子は言った。

「家でも、こんなにゆっくり寝たことはありません」

と、綾子が言うと、

「お姉ちゃんはいつだってぐっすり寝てるよ」

と、珠美がからかった。

「お招きしておいて申しわけないが、私はこれからベルリンへ行く役目があってね」

と、ノイベルトは言った。「ヤンが帰りもちゃんと君たちをシュルツ家へ送り届けるからね。――しかし、せっかく来てくれたのだ。この周囲を少し散歩して、風景を味わって行ってくれ」

「そうします」

と、夕里子は言った。

正直、夕里子はノイベルトがいなくなると知ってホッとしていた。

「ではコーヒーだけいただこう」

ノイベルトが席に着くと、小間使が間髪を入れずに熱いコーヒーを運んで来た。

ノイベルトは一口飲んで、

「三度熱いぞ」

と、小間使をにらんだ。

「申しわけありません！」

小間使が青ざめる。

「すぐ外出するときは、いつもより二度低い温度のコーヒーを出すのだ」

「はい」

「まあいい。——飲めないほどの熱さではない」

ノイベルトはそう言って、小間使を退《さ》がらせた。

入れ違いに兵士が一人入って来た。何かあったのか、顔がこわばっている。手に何かメモした紙を持っていた。

「食事中だぞ」

「申しわけありません！　ゲシュタポ本部より緊急の連絡が」

「何だ？」

メモを受け取ったノイベルトは、その文面を一読して、サッと頬を紅潮させた。

「女中頭を呼べ」

「はい！」

ノイベルトが立ち上ると、ダイニングルームを出て行く。

「何でございましょう」

ドアが閉っていないので、声が洩れ聞こえてくる。

「マリアという娘は？」

その名を聞いて、夕里子の手が止った。

「おりますが……。マリアが何か？」

「今、どこにいる？」

「さあ……。シーツを換えていると思います」

「捜せ！」

と、ノイベルトが兵士に命じた。「見付けて連行しろ！　スパイだ」

「まあ、神様……」

兵士たちの足音が遠ざかって行く。

マリア……。大変だ！

夕里子はじっとしていられなかった。

「ちょっとごめん」

と、ナプキンで口を拭《ふ》くと、席を立った。


廊下へ出ると、ノイベルトが足早に玄関の方へ向っている後ろ姿が見えた。

マリア……。捕まったら、命はないだろう。

夕里子は、ここへ案内してくれたマリアが、

「洗濯物を干さなくちゃ」

と、言っていたのを憶えていた。「今日はいいお天気だから、よく乾くわ」

マリア、どこにいるの？

夕里子には、どこをどう行けば外へ出られるのか分らない。

ともかく、廊下を行ったことのない方向へ曲ってみる。どこかへ出るだろう。

若い小間使が一人やって来るのと出会った。

「洗濯物を干す所へはどう行くの？」

と訊くと、

「私どもが干しますから」

「いえ、いいの。その場所への行き方だけ分れば」

「ここを真直ぐ行かれて、右の階段を下りられると、干し場へ出ます」

「ありがとう！」

夕里子は夢中で駆け出していた。

目の前のドアを開けると、強い風が吹きつけて来た。

城の裏側。――白いシーツが何枚も干してあって、吹きつける風にバタバタと音をたててはためいている。

芝生になったその場所の向うは、木の柵《さく》があって、そこからは深い崖になるようだった。

その向うの山がパノラマのように見える。

「マリア！」

と、夕里子は呼んだ。「――マリア！　どこ？」

こうしている間にも、兵士がマリアを捜している。

「マリア！」

はためくシーツの間を駆けながら呼び続けていると――。

「何か？」

ヒョイと目の前にマリアが現われたので、夕里子はびっくりして飛び上った。

「マリア！　良かった！」

「どうなさったんですか？」

と、マリアは、重そうな濡れたシーツを腕にかけたまま言った。

「マリア！　大変よ、早く逃げて」

と、夕里子はマリアの腕を取って言った。

マリアの顔がサッと青ざめる。

「今、ゲシュタポから連絡が。あなたを逮捕しようと兵隊たちが中を捜してるわ。早く逃げて！」

マリアの手から、洗ったシーツがドサッと落ちる。

「さあ、まだここへは来ないわ。早く今の内に――」

「ユリさん。あなたこそ、巻き込まれてはいけません。早く戻って下さい」

「あなたは？」

マリアは背筋を伸すと、

「私は逃げません」

「マリア！」

「逃げられはしません」

と、マリアは言った。「この辺は身を隠すような場所もありません。逃げても、大勢の兵士たちが追って来ます。とても逃げ切れません」

「じゃあ……」

「ここにいたのが幸いです」

と、マリアは言って、背後の柵を振り返った。

「あの柵を越えれば、すぐ切り立った崖です。飛び下りれば、苦痛を感じる暇もないでしょう」

「マリア……。死ぬの？　だめよ、そんなこと！」

「捕まれば拷問《ごうもん》され、仲間の名を言えと言われるでしょう。どうせ生きていられないんです。拷問されて、口を割らずにいる自信、ありませんもの。――ありがとう、ユリさん。知らせて下さって」

「マリア……」

「さ、早く戻って！　私の仲間とでも思われたら大変です」

――夕里子も、マリアの言葉にそれ以上反論はできなかった。

「さあ、早く！」

マリアに押されて、夕里子は涙を拭《ぬぐ》いながら駆け出した。

そして、足を止めると振り返った。

「――お世話になりました」

夕里子は、ていねいに礼を言った。

「もっとゆっくりして行かれればいいのに」

と、館の執事《しつじ》が言ってくれた。

「申しわけありません。私たちも、ミュンヘンで用があるものですから」

と、夕里子は言った。「ノイベルトさんによろしくお伝え下さい」

三人は、それぞれ荷物を持って、城館を出た。

「――お送りします」

車のそばに、ヤンが立って待っていた。「荷物をトランクに――」

「いいえ、壊れるものが入っているので」

と、夕里子は言った。「お部屋に置いてあった香水が、あんまりいい香りなので、持って来ちゃった」

ヤンは笑って、

「ノイベルト様は、却ってお喜びになりますよ」

と、ドアを開けた。

車が走り出す。

上りとは違うパノラマが開けて、すばらしい風景だった。

「――珠美」

と、夕里子は日本語で言った。「あんた、車に酔って」

「え？」

「ごく普通にしゃべって。風景のことでも話してる感じで」

「うん……」

「車が山を下りて、町へ入る辺りへ来たら、車に酔って吐き気がすると言って」

「分った」

「あんたの演技力、期待してる」

「任しといて」

珠美は肯いた。

綾子は、ぼんやりと外を眺めていて、妹たちの会話にも気付かない様子だった。

山道はカーブが多い。車に酔ってもふしぎではない。

山のふもとの村を車が走り抜ける。

「——ヤン、ごめんなさい」

と、夕里子はヤンの肩を叩いた。

「どうしました?」

「すみません。車を停めて」

と、夕里子は言った。「妹が車に酔って吐きそうなの」

「そりゃいけない」

ヤンは車を道のわきへ寄せて停めた。

「大丈夫?」

「気持悪い……」

珠美は本当に酔ってしまったのか、青い顔をしてぐったりしている。

「少し休みましょうか」

ヤンは急いで車を降りた。

夕里子は珠美を支えて車を出ると、

「お姉さん! 珠美についてて。私、荷物に薬が入ってたと思うんで、捜してみる」

「分った」

綾子はのんびり欠伸しながら車から降りた。

「——そこの農家へ行って、少し休ませてもらいましょう」

と、ヤンが先に立って駆けて行く。

「――お姉さん！　珠美を連れてって」

と、夕里子は綾子を押しやった。

「分ったわよ。押さないで」

綾子は珠美の肩を抱いて、「大丈夫？　しっかりするのよ。大体車酔いっていうのは精神的な要素が大きくて――」

ヤンが大声で、

「中で休ませてくれるそうですよ！」

と呼んだ。

「はい」

「歩けますか？」

ヤンは駆け戻って来ると、珠美を両腕で抱え上げ、農家へと運んで行った。

夕里子は、ヤンの姿が農家の中へ消えると、すぐに車のトランクを手で叩いた。


「今よ！」

トランクが中から開いて、マリアが出て来た。ロックされないように、鍵の部分に布をかませておいたのだ。

「ユリさん……」

「早く姿を隠して！　あの柵が壊れてたんで、兵士たちはあなたが崖から身を投げたと思ってるわ」

「ありがとう！」

「死なないで。生きのびて。――戦争は終るわ。それまで、何としても生きていて」

マリアは夕里子の手をギュッと握りしめると、せき立てられながら、道の反対側の畑へと駆けて行って、溝の中へ身を潜めた。

夕里子はバッグを手に農家へと歩いて行った……。

「よくやった」

夕里子は、珠美の頭をなでて、「でも本当に酔って吐いちゃうとは思わなかった」

「顔がちっとも青くなかったら、すぐばれちゃうよ。だから、自分に、『私は車に酔って気持悪い』って暗示をかけたの」

「名優だよ、あんたは」

夕里子は、珠美の肩を抱いて言った。

——車は、ミュンヘンの市内へと入って行った。

夕里子は、何だか何日もミュンヘンから離れていたような気がした。

シュルツ家の前に車が停る。

「どうもありがとう」

夕里子はヤンと握手をした。「また、おいしいパンを焼いてね」

「忘れません。あなたたちのことは」

ヤンが、目を潤《うる》ませている。

夕里子は、こんないい人でも、ヒトラーの下《もと》、ユダヤ人を迫害していたのかもしれないと思うと、やり切れなかった。

「失礼します！」

ヤンは長靴のかかとを音をたてて合せると、

「ハイル・ヒトラー！」

と、ナチ式の敬礼をして、車に乗り込んだ。

ヤンの車が走り去ると、

「いい人だったわね」

と、綾子が言った。

「そうね」

——私はヒトラーに会って来たのだ。

夕里子は、改めて、今自分が夢からさめたような気持でいた。

「お帰り、ユリ！」

シュルツ家の中から、ソフィアが駆け出して来るのが見えた。

13　危険な予感

「ヒトラーに会ったの？」

と、ソフィアが目を丸くする。

「信じられないでしょうけど」

と、夕里子は言った。

「それは驚きね！」

「私だって、今でも信じられないくらいよ」

と、夕里子は首を振って、「――何だか長い日だった」

「そうでしょうね」

マリアのことは、ソフィアには話さなかった。もちろん、ソフィアが誰かにしゃべるとは思わないが、こういうことは、知っている人が一人でも少ない方がいいのだ。

「夕食よ」

階下から、母、アンナが呼んだ。

夕里子はソフィアの部屋で話をしていたのである。

「ユリ」

ソフィアは小声になって、「あの、殺された神父さんのことでね、さすがに反発する人が多いの。追《つい》悼《とう》のミサが明日開かれることになったわ」

夕里子をかくまって、ナチに射殺された神父の姿を思い出すと、夕里子の胸は痛んだ。

「私も出席したい」

と、夕里子は言った。

「行く？　じゃ、私たちと一緒に行きましょう。うちは家族みんなで行くつもり」

「ぜひ連れて行って！　嬉しいわ」

ソフィアは、怖いように真剣な眼差《まなざ》しで、

「この機会に、ナチが間違っているってことを、みんなに訴えたいの。もちろん、ビラの一枚や二枚で世の中が変えられるとは思わない。でも、一人でも二人でも、『何かが間違ってる』と思ってくれる人がいたら、それで充分だと思う」

「ビラを配るの？」

「もちろん、手渡しするわけにはいかないわ。当然、ナチの監視が入るでしょうからね。ミサの妨害をするのもいやだし、ミサの終りを待って、みんなが帰りかけるのを見はからってビラをまくの」

夕里子はソフィアの手を握りしめた。

「危険なことはやめて。あなたたちには、まず何より生き抜くことが必要なのよ」

「ユリ、ありがとう。でもね、今やらなかったら、たとえどんなに長生きしても、ずっと悔んで生きることになる。それはいやなの」

「分るけど……。用心してね」

「ええ」

ソフィアは微笑んで、「さあ、食事よ！」

と、立ち上った。

階段を下りて行くと、綾子と珠美も一緒になった。

「お腹空いたわ」

と、ダイニングへ入って、ソフィアは足を止めた。

テーブルに、ナチの制服を着たハンス・ハンゼンがついていたのだ。

「――ハンス、いつ来たの？」

「少し前さ。ぶしつけだとは思ったが、どうしても、ユリさんたちから、ノイベルトさんの山荘の話を伺いたくてね」

夕里子は他の二人の方へ、

「当りさわりのないことだけ話して」

と、日本語で言った。

——食事はにぎやかに始まった。

しかし、それは、まるで演劇の舞台での〈食卓の場〉のようだった。

フランツは、ハンスが持参した上等なワインに心から感心している様子だ。

リーゼは無言で食べていた。

ハンスは、ノイベルトの山荘のことをあれこれ聞きたがった。

夕里子は、もちろん「一旅行者」として、やたらに「凄い」を連発してみせ、ハンスは喜んで聞いていたようだ。

「——本当にすばらしい体験をしたね」

と、ハンスは言った。「君には幸運の星がついているのかな」

そう言ってワイングラスを空《あ》けると、ハンスは付け加えて、

「ユダヤの星でなくて良かったよ」

と言うと、大笑いした。

それは、とてもジョークには聞こえなかった。

夕里子たちは、少なくとも知識として、あのアウシュヴィッツ収容所などで、六百万人ものユダヤ人が殺されたことを知っている。

ソフィアも、ユダヤ人の受難について、少しは知っているかもしれないが、その犠牲者の数は、想像もつくまい。

ユダヤの星。——ユダヤ人は、シンボルである

〈ダビデの星〉の印を胸につけなければいけなかったのだ。

その悲惨さを思うと、夕里子はとてもハンスと一緒に笑うことができなかった。

シュルツ家の人々も、笑わなかった。笑ったのはハンス一人だったのである。

それに気付くと、ハンスの顔から笑いが消えた。

「おやおや」

ハンスは冷ややかな口調になって、「この家では、ユダヤ人の話は嫌われるのかな」

テーブルを見渡すハンスの視線は、どんなに年齢は若くても、「支配する者」のそれだった……。

「ハンス」

と、フランツが言った。「大学の仲間に、優れたユダヤ人も何人もいたからね。私は経験で知っている」

アンナの顔から血の気がひいた。

フランツの言葉は、この時代、「反逆」とみなされてもふしぎでない。

「シュルツさん――」

ハンスの目が険しくなる。

夕里子はとっさに、

「私の〈幸運の星〉は、特別なのよ」

と言った。「何しろ、ヒトラー総統にまでお会いしたんですもの」

その名前は、さすがにハンスに電流のようなショックを与えた。

大きく目を見開いて、ハンスはそろそろと夕里子の方を見た。

「今……何と言ったんだい？」

「ヒトラー総統の山荘に、ノイベルトさんが連れてって下さったの」

「何てことだ！　――奇跡だよ！」

と、声を震わせた。

夕里子は、アンナが自分の方へ感謝の視線を向けているのに気付いていた。

「ねえ、ユリ。今の話を、僕ら若手将校のクラブで話してもらえないだろうか」

「え？　でも――」

「お願いだ！　今の話を、くり返してくれればそれでいいんだから」

「そう言われても……」

「ちょうど明日、昼食会があるんだ。その後ででも。ね、ユリ、これは凄い話題になる」

ハンスはすっかり興奮している。

その場の雰囲気で、夕里子は承諾するしかなかった。

ハンスは大喜びで、

夕里子はいかにも得意げな口調で言った。

ハンスの頭からは、フランツの言葉など吹っ飛んでしまったようだ。

「それって……いつのこと？」

「ゆうべ、夜中に。私一人だけね」

「本当に……総統と？」

「お話もして、握手もしていただいたわ」

ハンスが椅子をガタッと動かして、夕里子の方を向くと、

「その話を聞かせてくれ！　初めから詳しく！」

と、勢い込んで言う。

夕里子は、ノイベルトのドライブの誘いのことから始めて、ハンスの喜びそうな調子で一部始終を話して聞かせた。

ほとんど息をつめて聞き入っていたハンスは、大きく息を吐くと、

「早速、今から明日の昼食会の幹事の所へ行って、話をしてくるよ」

と、食事途中で席を立った。

ハンスが帰って行ってしまうと、ダイニングには、しばし沈黙が広がった。

「——ユリ、ありがとう」

と、口を開いたのはソフィアだった。「どうなることかと思ったわ」

「フランツ、あなた——どうかしちゃったの?」

アンナの言葉に、フランツは不機嫌そうに、

「私は正直に言っただけだ」

「そんなこと! 今、あんなことを、それもハンスの前で言うなんて、自殺行為だわ」

「分ってる。しかし——言わずにいられなかったんだ」

「お気持、よく分ります」

と、夕里子は言った。

「ユリ、あなた本当にヒトラーと会ったの?」

と、アンナが訊く。

「本当です。でも話といっても、二言三言交わしただけですけど」

「まあ……」

アンナも、何と言っていいか分らない様子だった。

「ともかく、ユリのおかげで助かったわ」

と、ソフィアが言った。「でも、ごめんなさいね、ユリ。私たちのために……」

「いえ、そんなこと……。若手将校のクラブって——」

「私も、どこにあるのかよく知らないわ。ただ、そこで顔がきくようになると、出世の近道らしい」

「それでハンスがあんなに熱心なのね」

一旦引き受けてしまったのだ。やらないわけにはいかない。

夕里子は気が重かった。

「お姉ちゃん、私たちにも黙ってた」

と、珠美が夕里子をにらむ。

「姉妹の間に秘密はないはずなのにね」

と、綾子も肯く。

「言いたくなかったのよ」

と、夕里子は言い返した。「そりゃ、確かに相手は歴史的な人物だけど――会いたかったわけじゃないわ」

「私にはユリの気持が分る」

と、ソフィアは夕里子の肩を抱いた。「私だって、突然あの男に会ったら、きっと言いたいことも言えなくて黙ってると思うわ」

「もうやめましょう、この話は」

と、夕里子は言った。「食事をしてしまいましょう」

「そうね」

と、ソフィアが微笑んだ。

「フランツ。この日本の娘さんの方が、ずっと大人よ」

と、アンナが夫へたしなめるように言った。

「すまん。ただ――ハンスのような若者を見ていると耐えられなくなる」

「お父さん。辛抱して。今は真冬でも、いつか春が来る」

ソフィアの言葉に、フランツはやっと笑みを浮かべて、

「スープをもう少しくれ」

と、アンナへ言った。

電話が鳴った。

アンナが立って行く。

それを見て、夕里子はソフィアにかかって来たのだと思った。そうでなければ、母親任せにせず、ソフィアが席を立っているはずだ。

アンナが戻って来て、

「ソフィア。クラウス先生からよ」

あの、ビール好きの教授だ。

「クラウス先生？　何だろう、こんな時間に」

ソフィアは迷惑そうなふりを見せて立って行った。電話に出て話しているのが聞こえてくる。

「――え？　今からですか？　今、夕食の最中なんですけど。――はい、分りました。それじゃ、少ししたら行きます。――いいえ」

席に戻ってくると、ソフィアは首を振って、

「いやだわ。明日の講義の資料作りを手伝えって」

「断ればいい」

と、フランツが言った。「こんな時間に外出するのは感心せん」

「仕方ないわ。その代り、レポート一つ、出さないですむことにしてくれるって言うから」

夕里子には見当がついた。ソフィアは、明日のペーター神父の追悼ミサのときにまくためのビラを作りに行くのだ。

危険だと思うが、止めてもむだだろう。

あの小間使マリアにしてもソフィアにしても、「今の世の中は間違ってる」と思っている。他にも同じ思いの人間はいるだろうが、社会の大きな流れが一回できてしまうと、その中で抵抗するのは容易ではないのだ。

〈白バラ〉。――ミュンヘン大学の中にひそかに作られたその組織がどうなったのか、夕里子は知らない。

こうして第二次大戦中のドイツへやって来ると分っていたら、もっと勉強しておいたのに！

「――ごちそうさま」

ソフィアが席を立って、「じゃ、ちょっと行ってくるわ」

「気を付けるんだぞ」

と、フランツが言った。「ペーター神父のようなこともある」

「大丈夫よ」

夕里子は黙っていられなくて、

「私、一緒に行くわ」

と、立ち上っていた。

「ユリ、でも――」

「食後の運動にいいしね」

ソフィアも、それ以上拒まなかった。

外へ出ると、ソフィアは、

「ユリ。あなたを巻き込みたくないの」

と言った。

「もう遅い」

と、夕里子はソフィアの腕を取って、笑った。

「それに、私は大丈夫。何しろヒトラーと握手までして来たんだから」

ソフィアも笑って、それ以上は何も言わなかった。

夜の大学は、人気《ひとけ》がなく、寂しい。

ソフィアと夕里子は用心しながら、クラウス教授の部屋へと向った。

ドアをノックすると、すぐにクラウス教授自身がドアを開けた。

「先生、また飲んでるんですね」

と、ソフィアがにらむ。

「なに、大して飲んじゃおらん。景気づけというもんだ」

クラウス教授は、口とは裏腹に、かなり酔っていた。

「すまんな、手伝いに駆り出して」

「いいえ。でも、レポートの件はちゃんとお願いしますね」

と、ソフィアは言った。

この部屋には、隠しマイクが仕掛けられている。会話ではあくまでソフィアがクラウスの手伝いに来たことにしなくてはならなかった。

「心得ているとも」

クラウスは胸をポンと叩いて、「では、始めるか」と言った。

クラウスが鍵を出して、ロッカーを開けると、中に紙の束が積まれていた。

ソフィアが当惑した様子で、

「先生――」

「学生たちの答案だ。これをテーマ別に分ける」

束の上の方には何十枚か本当の答案が重ねられている。その下をめくると、印刷されたビラが現われた。

「分りました」

と、ソフィアが肯く。

「手伝いましょうか」

と、夕里子が言うと、

「いや、これは私の講義を聞いとらんと分らないだろう」

と、クラウスは言った。

「私が分けます」

ソフィアはビラを少しずつの束にして、紐《ひも》でくくった。

――夕里子は、廊下の様子をうかがいながら、ソフィアとクラウスのことを眺めていたが……。

漠然とした不安が、夕里子を捉《とら》えていた。

初めは、それが何のせいか分らなかったが、クラウスが何度か酔った人間特有の笑い声を上げるのを聞いている内に思い当った。

クラウスの酔いが、少し度を越していると思えてならなかったのである。といって、夕里子も、ドイツ人の飲み方をよく知っているわけではない。

クラウスが、いつもこんな風に酔っているのならともかく、夕里子の感覚からすると、その酔い方は「普通でない」気がする。

もちろん、どこがどう「普通でない」のか説明することはできない。あくまで直感だ。

しかし、それだけに頭でその不安を打ち消すことはできなかった。


実際、クラウスは自分でもビラを小さな束にするのを手伝おうとしたが、手が震えて却ってビラが床に散らばってしまい、夕里子も一緒になって拾い集めなくてはならなかった。

もし、机の下にでも滑り込んだのを一枚でも見落としたら、それが命取りになるかもしれない。

「先生」

と、ソフィアはクラウスをにらんで、「私がちゃんとやりますから、先生はそこに座って指示だけして下さい」

ピシャリと言われて、クラウスは頭をかきながら、古ぼけたソファに身を沈めた。

「――これで終りですね」

と、ソフィアはビラを小さな束に分け終えると言った。

「ご苦労さん。助かったよ」

「これ、中へ戻しておけばいいんですか?」

と、ソフィアは訊いた。

このビラが、もしここで発見されたら、クラウスにとっては命取りだろう。

「ああ、いいとも。ロッカーの中へ戻しておいてくれ」

と、クラウスは言った。

ビラを戻し、鍵をかけると、クラウスは、

「どうだ、ビールを一杯おごろうか」

と、ソフィアと夕里子の肩を抱いて言った。

「もう帰ります」

「そうか? まあ、若い娘が夜ふけにビールというのも感心せんな」

と、クラウスは笑って、「よし、ではそこまで一緒に出よう」

三人はクラウスの部屋を出た。むろん、クラウスもしっかりドアに鍵をかける。

「——先生、大丈夫ですか?」

と、歩き出してから、ソフィアが訊いた。

「ああ、あそこなら安全だ」

「いえ、先生の身を心配してるんです」

と、ソフィアが腹を立てたように言った。

「分っとるさ」

と、クラウスはなだめるように、「私のことは心配するな。なに、連中はいつもあの部屋を盗聴しとる。却って油断するさ」

「分りました」

と、ソフィアは言った。「でも、万一見付かるようなことがあったら、何も知らないと言い張って下さいね」

夕里子は、自分自身、命がけの行動をしながらクラウスの身を気づかっているソフィアに感心した。

こういう子だから、ヒトラーの正体が分るのだろう。

「――では先生。私たち、ここで」

大学の敷地から出た所で、ソフィアは言った。

「明日、何時にいらしてますか?」

「そうだな。九時には鍵を開けておく。勝手に入ってくれ」

「危くありませんか?」

「何人くらいが取りに来るんだ?」

「たぶん――十人です」

「そんな人数が一度にやって来たら目立つ。ロッカーの鍵は、傘立ての中へ入れておくから、各々が自分でロッカーを開け、鍵をかけて、また傘立てへ戻しておけばよかろう」

「そうですね。分りました」

「明日は私もペーター神父の追悼ミサに出るよ」

クラウスはソフィアの肩を軽く叩いて、「おやすみ」

と、重そうに体を揺すって、夜道を歩いて行った。

「ソフィア……。私、やっぱり心配だわ」

「ユリは心配性ね」

と、ソフィアは笑った。

「――どうして少しずつの束にしたの?」

「一人一人が、自分の服の下へ隠すの。どこで検問にあっても大丈夫なようにね。だから少しずつしか隠せない」

夕里子は少し足早に歩きながら、

「ビラをまくのはいいけど、逃げるのが大変よね。大勢兵士が見張ってるだろうし」

と言った。「それで考えたんだけど……。早目に教会へ入って、鐘楼に上るの。ミサがすんで、大きな鐘が打ち鳴らされると、鐘にぶら下げておいた袋が破れて、ビラがまき散らされる。――どう？」

ソフィアは目をみはって、

「ユリ！　すてきな考えだわ。それなら、誰がやったか分らないし」

「うまくいくかどうか分らないけど、捕まる危険は避けられるでしょ」

「工夫してみるわ！　みんなで準備すれば難しくないわ、きっと」

「少しでも危険だと思ったら逃げてね、ソフィア。お願いよ」

「ユリ。――ありがとう、心配してくれて」

ソフィアが、夕里子の手をしっかりと握る。

「――一つ、訊いてもいい？」

と、夕里子は言った。

「ええ、もちろん」

「クラウス先生だけど――。いつもあんなに酔ってるの？」

夕里子の問いに、ソフィアはちょっと当惑した様子だったが、

「そうね……」

と、ちょっと首をかしげて、「確かに、少し飲み過ぎてるみたいね。でも、気持は分るわ。こんな時代に、学者でいるって、辛いことよ」

ソフィアの答えを聞いて、夕里子は少し安堵《あんど》した。

「それならいいんだけど……」

「ユリは心配するのが趣味なのかしら」

と、ソフィアが笑って肩を抱いた。

「手のかかる姉と妹を持ってるんでね」

と、夕里子は言った……。

14　疾走

「おはよう」

夕里子が朝食の席へ下りて行くと、ソフィアの姿はもうなかった。

「大学へ行くって、出かけたわ」

と、リーゼが言った。

クラウス教授の言っていた時間より少し早い。きっと、他の学生たちへ連絡して回っているのだろう。

「お姉ちゃん、夜遊びしてた？」

と、珠美が夕里子に日本語で言った。

「違うわよ。ソフィアの手伝いしてただけ」

と、夕里子はパンを取って、ちぎった。「帰って来たら、お二人ともグーグー寝てたじゃない」

「それが健全な生活というものよ」

と、綾子は言った。

「綾子姉ちゃんは健全過ぎる」

「うるさい」

「どうも」

アンナがコーヒーを注《つ》いでくれる。

「今日は、いい日ね」

と、アンナは明るい日射しの入る窓の方をまぶしげに見て、「何かいいことがありそうだわ」

確かに、どんよりと曇っているのが普通のドイツにしては珍しい青空である。

「あら、こんな時間に……」

玄関のドアをノックする音がした。

アンナが出て行き、すぐに戻って来て、

「ユリ、ハンスが……」

思い出した！　ハンス・ハンゼンから、若手将校のクラブで話してくれと言われていたのだ。

でも、こんなに早く？

夕里子は玄関へと急いだ。

「おはよう」

ナチの軍服に身を包んだハンスが立っていた。

「おはよう、ハンス。お昼と伺ってたので、まだ仕度が――」

「もちろん、いいんだよ」

と、ハンスは言った。「ただ、念のためにと思ってね」

「わざわざありがとう」

「良かったら、昼食を一緒にどうだろう？　十二時少し前に迎えに来る」

今さらいやとも言えず、

「お待ちしてるわ」

と言った。

「嬉しいよ。では改めて」

「どうも」

ハンスが行きかけて足を止めると、

「今日は、ペーター神父の追悼ミサがあるそうだけど、出席しないように勧めるね」

と、振り向いて言った。

「どうして？」

「この家の人に伝えておいてくれ。今日は一日、外出しない方がいいと」

ハンスはそう言うと、夕里子の言葉を待たずに行ってしまった。

夕里子は玄関のドアを閉めようとして、ハンスを乗せた車が走り去るのを見た。

誰か女の子が乗っているのが、チラッと見えた。あの赤毛。――マリアンネ・タウバーのように見えたが。

朝食の席へ戻って、夕里子はハンスの言葉を伝えた。

「あなた」

アンナが、フランツの方を見て、「今日はやめておいた方が……」

「心配いらんさ」

と、フランツは首を振って、「大勢が参加すれば、連中だって手出しはできない」

夕里子は再びゆうべの不安が頭をもたげてくるのを感じていた。

パンとハム、チーズに、コーヒーを飲むだけの朝食にも、大分慣れた。

しかし、今朝は特に味がほとんど分らなかった。――夕里子には、ハンスの言葉が気になってならなかったのだ。

「今日は一日、外出しない方がいい」

ハンスはそう言った。

一体何があるというのだろう?

「――ソフィアは遅いですね」

と、夕里子は時計を見て言った。「私、大学へ行ってみます」

「でも、ユリ――」

と、アンナが止めようとしたとき、玄関の方から、

「ただいま!」

と、ソフィアの声がした。

良かった! ――夕里子は胸をなで下ろした。

「ソフィア、ユリがあなたのこと心配して、大学へ

行こうとしてたのよ」

「へえ。私が迷子にでもなると思った？」

と、ソフィアは笑った。

朝食の後、夕里子はソフィアにハンスの言ったことを伝えた。

「いつものことだわ、大丈夫」

と、ソフィアは居間で新聞を広げて言った。

「でも――ビラは？」

と、小声で訊く。

「ユリの忠告をみんなに伝えたの。感心してたわ。みんな午前中に紙袋を手作りして、お昼どきにビラを取りに行くことにした。学生がウロウロしてても目立たないしね」

「そう」

夕里子は少し安心した。「私、ハンスに昼食にも誘われちゃったから――」

「大変ね。ごめんなさい、あなたにまで迷惑かけて」

「そんなこといいの。適当に、ハンスたちが喜びそうな話をしておけばいいんですもの、楽よ」

「それはそうね」

と、ソフィアが笑った。

もちろん、ソフィアは用心していつも通り振舞っているつもりだろう。しかし、夕里子の目には、やはり命がけの危険な計画の決行を前にして、興奮していることが分る。

用心して、ソフィア。

夕里子は祈るような思いだった。

街は昼前から一種緊迫した空気が漲《みなぎ》っていた。

街路のあちこちに兵士たちが数人ずつ固まって立ち、見張っている。

道を轟音《ごうおん》をたてて戦車が走り抜ける。

むろん、人々には見慣れた光景で、大してびっくりしてはいないが、夕里子たちの目には異様に映った。

「いやね」

と、綾子が窓から表を見ながら言った。

「——何が？」

夕里子は、ハンスがそろそろ迎えに来るので、着替えをしていた。

「あんな風に兵隊がやたらあちこちに銃を構えて立ってたり、戦車が通ったりするのって、普通じゃないでしょ？　でも、見慣れると大したことだと思わない。——人って、慣れてしまうのね」

「お姉さんの言う通りね。慣らされてしまうのが怖いことだわ」

と、夕里子が肯く。「背中のボタン、とめてくれる？」

「うん……。今日、何か起りそうなの？」

「分らないけど……どうして？」

「あんた、そんな顔してるわ」

綾子の目はごまかせない。

「不安なの。——取り越し苦労ならいいんだけど」

と、夕里子が言ったとき、階下から、

「ユリ、ハンスが迎えに来てるわ」

と、ソフィアの声がした。

「行くわ」

夕里子は髪をちょっと直して、「お姉さんたち、外へ出ない方がいいかも。——巻き添えで撃たれでもしたら、二十一世紀に戻れなくなるわ」

「家にいるから安全ってこともないでしょう」

と、綾子は肩をすくめた。「この家の人たちと一緒にいるわ」

「そうね。——私もミサまでには戻れると思うから、一緒に行く」

夕里子は、綾子の手を軽く握って、部屋を出た。

玄関には、制服姿のハンスが立っている。

「お待たせしてごめんなさい」

「とんでもない。車が待ってる」

「ありがとう」

夕里子は、ソフィアへ、「行って来ます」と、声をかけ、玄関を出た。

今日はジープではなく箱型の車で、乗り心地も良かった。

「——みんな楽しみにしているよ」

と、車の中でハンスが言った。

「心配だわ。そんなに期待されても」

「なあに、事実をそのまま述べてくれればいいんだ」

ハンスはいやに上機嫌だった。

夕里子を〈将校クラブ〉の仲間に紹介できるせいだろうか？　それにしては少しうわついてさえ見えて、夕里子には気になった。

しかし、夕里子にしても、その〈将校クラブ〉のことを何も知らない。

——車は市内の古い館に着いた。

建物の正面に、大きなナチのカギ十字の旗が下がっている。

建物へ入ると、そう広くはないが、内装は宮殿のような豪華さである。

「ハイル、ヒトラー」

と、カチッと軍靴のかかとを音をたてて合せ、片手を真直ぐに伸すナチ式の敬礼を交わして、ハンスは正面の階段を上って行く。

両開きの扉が開くと、明るい光の溢れるような大広間だった。

おそらく百人近いと思える青年将校たちが、いくつかのテーブルを囲んでいる。その面々が、夕里子が入って行くと、一斉に立ち上って拍手で迎えてくれた。

夕里子は深く呼吸をした。——今はヒトラーを尊敬する、ドイツの友好国の少女になり切らなくてはならない。

お芝居を演じるのよ。——これは私の演じる役なの。

夕里子は自分へ言い聞かせた。

ハンスが夕里子のことを紹介し、またひとしきり熱い拍手に包まれると、

「ユリ、申しわけないが、昼過ぎから、大切な任務が入ってしまったんだ。昼食の後で、と思っていたんだが、できたら今、話をしてもらえないか」

と、ハンスが言った。

「ええ、もちろん」

夕里子は、壇上に案内され、大きなマイクの前に立たされた。

どうせ話をしなくてはならないのだ。夕里子としては、むしろ早くすんだ方がありがたいのだった。

夕里子は、あのパーティでの、ノイベルトとの出会いから話を始めて、彼の山荘へ招かれたこと、夜中にドライブに連れ出され、知らずに連れて行かれたのがヒトラーの山荘だったことを話した。

実際、ここにいる青年将校たちにとっては、ノイベルトの山荘に招かれるだけでも夢のようなことらしかった。

話している夕里子の耳に、何人もの羨望《せんぼう》のため息が聞こえて来た。

そして、ヒトラーとの短い「出会いの場面」で

は、ごく自然に広間に拍手が起ったのだった。

夕里子は、いくら「芝居」だと自分へ言い聞かせても、必要以上にその経験の「感激」を述べるわけにいかなかったが、そのことで怪しまれることはなかったようだ。

むしろ、東洋の国から来た少女が、あまり話し上手でも不自然で、少し口下手に見えるくらいで良かったのかもしれない。

話を終えると、熱心な拍手が湧き起った。

——それにしても、この若者たちは無条件にヒトラーを信じ、尊敬しているのだ。

戦争が終ったとき、この中の何人が生き残っているだろう? そして、生きのびた者にとって、この日のことは記憶の中でどう記《しる》されるのだろうか……。

ハンスが隣の席に夕里子を座らせ、昼食が始まった。

十人ほどの将校が、昼食をとらずに席を立って出て行った。ハンスの言った「大切な任務」が待っているのだろう。

食事の席で、夕里子は日本のことをあれこれ訊かれた。同盟国とはいえ、大部分のドイツ人は、日本がどこにあるかも知らないだろう。

夕里子は、つい「二十一世紀の日本」を説明してしまいそうになって、気をつかった。

それでも昼食は豪華で、おそらく一般の市民などとても口に入らないと思えるものばかりだった。

一時間ほどで昼食は終り、夕里子はまた拍手に送られて会場を出た。

ハンスが車でシュルツ家まで送ってくれることになり、

「お忙しいでしょうから、車だけでも」

と言ったのだが、

「いや、僕が頼んで来てもらった以上、ちゃんと帰りも送らないとね」

と、ハンスは車のドアを開けた。

こういう律儀《りちぎ》さはドイツ人らしいところなのだろう。

車が走り出すと、

「――今日出席していた連中の半分は来週には前線へ行くんだ」

と、ハンスは言った。「たぶん――ほとんどは生きて帰れないだろう」

夕里子は、ハンスの口調が突然変ったのでハッとした。

車を運転している兵士を気にしながら、夕里子は小声で、

「戦況は良くないの?」

と訊いた。

ハンスは、大して用心する風でもなく、

「スターリングラードでは負けそうだよ」

と言った。「ロシア人があれほどしぶといとはね。人間、自分の住む土地を守ろうとすると必死になるものだね」

ハンスの苦々しげな口調は意外だった。

「ハンス……。あなたは死なないでね」

と、夕里子は言った。「いつか戦争が終ったとき、若い人が必要だわ」

ハンスは夕里子を見て微笑むと、

「僕は軍人だ。死ぬことが仕事さ」

と言った。

おそらく――ハンスはこの後、戦いで命を落とすのだろう、と夕里子は思った。

「もう着いた。――今日はありがとう」

車がシュルツ家の前に着くと、ハンスはいつものように自信に満ちた将校に戻っていた。

――車が走り去るのを見送っていると、ソフィアが家から出て来た。

「お帰り、ユリ！　どうだった？」

「疲れたわ」

と、正直に言って、「出かけるの？」

「これから大学へ。――お父さんやお母さんは、ミサに出かける仕度をしてるわ」

「あなたは？」

「教会で会いましょ」

「うん。気を付けて」

と、夕里子が言ったときには、もうソフィアは通りを小走りに渡って行った。

その教会が見えて来たとき、夕里子は思わず足を止めた。

ペーター神父の死には、夕里子自身が係《かかわ》っていたわけで、教会を目にするのも辛かったのだが、足を止めたのは、そのせいではなかった。

「凄い人出だわ」

と、綾子が言った。

教会の前には、何百人もの人々が集まっていた。ミサの始まるまでには、まだ少し時間があったのだが、早めに出て来たのだ。

しかし、今教会の前には更に続々と人々がやって来ていた。

「これは大したものだ」

と、フランツが言った。

「いい神父様だったもの」

と、アンナが肯く。

「みんな、慕《した》っていたな。これだけ大勢集まったら、ナチも手出しできまい」

フランツは嬉しそうだった。

「あなた、大きな声で言わないで」

アンナは気が気でない様子だ。

「良かったね」

と、珠美が言った。

「うん……」

夕里子は、不安でならなかった。

このミサに大勢の人が参加するというのは、いわばナチのやり方への抗議である。それをナチが黙って見過すとは、夕里子には思えなかった。

教会へ入ると、夕里子は入口に近い所にかけた。

たちまち中が人で埋っていく。

居並ぶ人々を見渡していた夕里子は、クラウス教授の太った姿を見付けた。

もうビールでも飲んでいるのか、赤い顔をして、クシャクシャのハンカチで汗を拭っている。

「――クラウス先生じゃない」

という声が聞こえた。

振り向くと、ミュンヘン大学の学生らしい女の子が数人固まっている。

「よく来るわね、ここへ」

と、一人が呆れたように言った。

「ねえ、気が咎《とが》めないのかしら」

――夕里子にはその会話が気になった。

周囲はそれぞれに知人とおしゃべりをしている。

「あの……」

夕里子はその女子学生たちへそっと話しかけた。

「今、ちょっと聞こえちゃったんですけど。クラウス先生のこと」

「あなたは?」

と、用心するように夕里子を見る。

「ああ、ソフィアの家に泊ってる日本人ね」

と、他の一人が言った。

「クラウス先生が、よく気が咎めない、って、どういう意味ですか？」

「あなた、ソフィアに忠告してあげなさいよ。ソフィアはクラウス先生を信じてるみたいだけど」

「というと――」

「以前はね、あの先生もナチ嫌いで通ってたけど、今じゃ……」

夕里子は青ざめた。

「今はそうじゃないんですか」

「女よ」

「女って？」

「ほら、そばに寄り添ってるでしょ」

夕里子はクラウスの方へ目をやって、愕然《がくぜん》とした。クラウスの腕を取って、堂々と恋人らしくしているのは、マリアンネだった。

「マリアンネは若手将校のお気に入りだもの」

――クラウスのビールが誘《いざな》うあの酔いのわけが、夕里子にも分った。

マリアンネの誘惑に、クラウスは負けてしまったのだ。クラウス自身、自分を責めているのだろう。

では――あのビラは？

夕里子は立ち上った。

「失礼します」

と、アンナへ声をかけて、教会から飛び出す。

ソフィア！　――クラウス教授の部屋へ行っちゃだめ！

夕里子は、道行く人をはね飛ばしかねない勢いで駆けた。

よく検問に引っかからなかったものだ。

大学までが、とんでもなく遠い。

必死で走る内、息が苦しくなったが、止ることはできなかった。

ソフィアに知らせなければ！――ソフィア！

大学が見えた。

お願い！　間に合って！

――夕里子は大学の中庭へ駆け込んで、足を止めた。

心臓が破裂するかという勢いで打っている。

車が数台停っていた。親衛隊の制服の兵士が機関銃を手に立っていた。十人はいる。

学生たちが、みんな立ち止って見ている。

ソフィア……。

体が震えた。

ソフィアが後ろ手に手錠をかけられ、車へ押し込められるところだった。他の学生も、二人、三人と連行されてくる。


ゲシュタポが手早く車をスタートさせる。

「ソフィア……」

どうすることもできなかった。

車は次々に夕里子のそばを通り過ぎて行く。

夕里子は、石畳の上にしゃがみ込んでしまった……。

15　別れ

裁判官が、ひどく落ちつかない様子で、せかせかと法廷に入って来た。
夕里子たちも一瞬背筋が伸びる。
「もう判決？」
と、綾子が呆れたように言った。
夕里子にも分っている。——裁判など形式だけのものなのだと。
しかし、その馬鹿げた喜劇が、人の命を左右するのだ。

夕里子の席からは、被告席にいるソフィアの顔が、斜め後ろから見えていた。
ソフィアは平静そのものに見えた。——その姿が、夕里子の胸をしめつける。
「判決を申し渡す」
と、裁判長が早口に言った。
ともかく早く終らせたくて仕方ないのだという様子だった。
被告たちが起立した。
〈白バラ〉の幹部と見られる三人が、今判決を受けることになっていた。
ソフィアの他は男子学生が二人。
「判決の前に」
と、裁判長が言った。「被告に何か発言したいことがあるかね？」
三人が顔を見合せ、ソフィアが、

「はい」

と答えた。

「では手短かに」

ソフィアは、特に深呼吸一つするでもなく、法廷の中をザッと見渡して言った。

「私たちの書いたこと、言ったことが正しいのは、みんな分っているんです。ただ、それを口に出す勇気がないだけ」

声は全くいつものようで、上ずってもいなかった。「——以上です」

裁判長はあわててメガネをかけると、

「では判決を申し渡す。——被告人三名は、国家反逆罪により死刑」

フランツとアンナが、「ああ」と声を上げるのが、夕里子の耳に入った。

当然予期された判決だったが、実際耳にするのはショックだろう。

「これにて閉廷」

裁判官たちは、そそくさと出て行く。

ソフィアたちは廷吏《ていり》に促されて傍のドアへと向った。

「ソフィア!」

アンナが駆け寄って、柵越しに娘を抱きしめた。

ソフィアは微笑んでいた。母親を慰めている。

そして、夕里子の方へ、ちょっと手を振って見せた……。

「助命嘆願の署名を集めたら?」

と、アンナが言った。

「そんなものに署名すれば、自分もナチににらまれることになる。期待できないよ」

と、フランツが首を振る。

「じゃ、どうしろって言うの!」

――シュルツ家の居間は、重苦しい空気に押しつぶされそうだった。

「私、出かけて来ます」

夕里子は立ち上った。「ノイベルトやヒトラーにでも、直接会って助命を頼んで来ます」

むろん、そんなことが可能だとは思えないが、それでもじっとしてはいられない。

「ユリ、ありがとう」

と、玄関までアンナが出て来て手を取った。

夕里子が外へ出ると、目の前に車が停った。

ハンスがドアを開けて、

「ちょうど良かった。乗って」

「ええ」

夕里子が乗り込むと、すぐ車は走り出した。

「――残念だったね」

と、ハンスが言った。「ソフィアは、あんなに優秀なのに」

「裁判とは言えないわ、あんなの」

と、夕里子は言った。「逮捕から、たった四日。裁判も午前中だけ審理して午後判決なんて」

「戦時中なんだよ」

「分ってるけど……。ハンス、何とか助命を頼めないかしら」

と、夕里子は言った。「私のような外国の人間が――」

「ユリ」

と、ハンスが遮って、「君を迎えに来たんだ」

「え?」

「ソフィアに会わせてあげたくてね。これが最期だ」

夕里子は青ざめた。

「ハンス。それって……」

「あと一時間で、三人は処刑される」

さすがに夕里子も絶句した。

判決当日。それもわずか三時間後に？

「ハンス。もう──どうにもならないの？」

声が震えた。

「どうしようもない。特別に面会の許可を取るのが精一杯だった」

夕里子は目を閉じた。──両親すら知らないのだ。

あと一時間なんて！

両親は判決の直後にソフィアと面会しているが、まさかそれが娘の生きた姿を見る最後の機会になろうとは思っていないだろう。

ソフィア……。

夕里子は両手で顔を覆《おお》った。


冷たい鉄格子の扉が開くと、簡素なベッドに腰をかけて、本を開いているソフィアが目に入った。

「もう時間？」

と振り向いて、「──ユリ！」

二人は固く抱き合った。

「ソフィア……。力になれなくてごめんなさい」

「いいのよ。覚悟してたもの」

二人は並んでベッドに座った。

「でも、こんなに処刑を急ぐなんてね」

と、ソフィアは言った。「連中がどんなに私たちのような若者の抵抗を恐れてるか、よく分るわね」

まるで他人事のようだ。

「ソフィア……。何て言っていいのか」

「ユリ、ありがとう。あなたたちと知り合えて本当に良かった」

夕里子は、看守がわざと少し離れているのを見た。

「――ソフィア。あなたに打ち明けることがあるの」

と、夕里子は言った。

「何かしら？」

「私たち――信じられないかもしれないけど、本当は二十一世紀からやって来たの。車の事故があって、気が付くとこの時代に来ていた」

ソフィアも夕里子の話を聞いて、唖然《あぜん》としていたが、

「二〇〇四年？ ――驚いた！ どうも普通と違うな、とは思ってた」

「信じてくれる？」

「ユリが嘘をつく理由はないものね。――そうだったの」

と、ソフィアは肯いて、「じゃあ教えて。この戦争はどうなるの？ ヒトラーはヨーロッパを支配するの？」

と訊いた。

「いいえ。ドイツは負ける。あと二年で」

「二年……。たった二年？」

「ええ。もっと早く教えてあげれば良かったわね。でも、まさかこんなことに……」

「それでドイツは……」

「ひどく破壊されるけど、戦後はすぐに立ち直るわ。本当よ」

「そう。――ヒトラーは？」

「ベルリンが陥落したとき、ピストル自殺するの」

「自殺？ 残念ね。――生きて逮捕して、罪の重さを分らせてやりたかった」

「ソフィア。あなたたちのことは、ドイツの人みんなが誇りにしているわ」

「ユリ……。嬉しいわ！　私たちの死がむだじゃない、ってことね」

二人は固く手を取り合った。

「——時間です」

と、看守が言った。

「もう？」

「少し歩くのでね」

「分ったわ」

ソフィアは立ち上った。「ギロチンで首を斬られる。一瞬のことだわ」

夕里子は、もう一度ソフィアを抱きしめた。

廊下へ出ると、ソフィアは他の二人の男子学生に、

「お先に」

と、声をかけた。「レディファーストね」

「すぐ追いつくから待ってろよ」

「うん。急ぐ旅でもない。のんびり行ってるわ」

ソフィアは振り返って、「ユリ。——さよなら」

と、手を上げた。

ソフィアの後ろ姿は、涙でにじんで見えなかった……。


外へ出ると、綾子と珠美が立っていた。

「二人とも……。どうしたの？」

「ハンスの車に乗るのが見えたんで、行先を聞いて」

と、珠美が言った。「ソフィアに会えた？」

ハンスはもういなかったが、車は待っていてくれた。

「——もう生きてない？」

車の中で、夕里子の話を聞いて、二人とも唖然とした。

「そういうことなの。ご両親に話さなくちゃね」

夕里子は涙を拭った。

そのとき、車が停った。

「どうしたの?」

「——空襲だ!」

運転していた兵士が叫んだ。

次の瞬間、車のすぐ近くに爆弾が落ちた。爆音と共に、車は宙に舞い上った。

「お姉さん!」

「助けて!」

声と共に車は落下した。

車は水の中へと突っ込んでいた。

車の中に水が流れ込んでくる。

「出るのよ! 早く!」

ドアを開け、夕里子は必死で水をかいた。

ポカッと水面に頭が出て、少し泳ぐと岸辺に着いた。


綾子と珠美も、何とか辿りつく。

「——助かった!」

夕里子は喘《あえ》ぎながら、「でも——ここ、どこ?」

確かミュンヘンの町中を走っていたのに……。

そのとき、頭上から、

「おい! 大丈夫か?」

と、声がした。

——日本語だった。

「お姉ちゃん!」

「私たち……帰って来たみたいだわ」

と、夕里子は言った。

「本当だ」

と、綾子が肯いて、「ドイツ語、しゃべれなくなった」

「心配したよ」

と、国友刑事が言った。

「でも何ともなかった」

夕里子たちは、マンションに戻って、シャワーを浴び着替えていた。

「君らは強運の持主だからな」

「──ね、国友さん」

と、夕里子はソファにかけて言った。「私たち、川へ落ちて、どれくらいして見付かったの?」

国友が、ちょっと戸惑ったように、

「君、憶えてないのか?」

「水に落ちたショックでね、時間の感覚を失くしたみたいなの」

「そうか。──いや、それがふしぎなんだ。あの車が川に落ちて、もちろん急いで捜索したけど、君たちの姿は見付からなかった。さっき、通りかかった人が君らを見付けるまで丸一日、時間がたってたんだよ」

それを聞いて、三人が一斉に、

「たった一日?」

と叫んだので、国友は目を丸くした。

「もっと長く感じたかい?」

「まあね」

と、夕里子は肯いて、「夢の中と同じね。何日もたったようで、それでいて現実にはほんの何秒かだったり……」

夕里子は、ふと思い出して、

「あのとき車を運転してくれてた刑事さん。有本さんっていったっけ。あの人、助かった?」

「いや……。たぶん死んでるだろう」

「たぶん、って……」

「車は見付かったんだがね、有本の姿はなかったんだ。きっと流されたんだと思う」

「そう」

「しかし、君らが運が強いって言ったのはね、もう一つあるんだ」

「というと?」

「爆弾は、車のエンジンの中にも仕掛けられてたんだ。トランクの方と両方爆発していたら、君らも、とても助からなかったよ」

「不発だったの?」

「そうなんだ。引上げた車を調べて分ったんだけどね。それにガソリンに引火しない内に車が川の中へ突っ込んだのもラッキーだった」

「そうだったの……」

夕里子は肯いた。

「しかし、僕は信じてたよ。きっと君らは生きてる、ってね」

国友は微笑んで、「丸一日、君たちは水の中で何やってたんだろうね。思い出したら教えてくれよ」

珠美がすかさず、

「夕ご飯おごってくれたら!」

「珠美、あんたは……」

「いいとも、何が食べたい?」

と、国友が訊くと、綾子と珠美が、

「ジャガイモとキャベツの酢漬け以外のものなら、何でもいい!」

と、同時に言った。

国友が目を丸くしている。

「――国友さん」

と、夕里子は言った。「あのガイドの八木原さんを殺した犯人たち捕まった?」

「ウェイターの荒木も殺されたしね。日本にも、あの組織のメンバーがいるんだろう。きっと捕まえてみせるよ」

「お願いね」

「君らだって、また狙われないとも限らないんだからね」

「そうね……」

と、夕里子は言って、少し考え込んでいたが、

「——ね、国友さん」

「何だい？」

「私、ベルリンに行きたい」

「ベルリン？　何しに？」

「パン屋さんを一軒、捜したいの」

と、夕里子は言った。

そして——一週間後、夕里子は再びミュンヘンの街路に立っていた。

冬の空気は、いかに南のミュンヘンでも冷たいが、夕里子にとっては、むしろ気持が引締って良かった。

今回は一人旅。夕里子は住所のメモを頼りに、カタコトのドイツ語と英語で、人に訊きながら「ある人」を捜していた。

——ミュンヘンに来る前、ベルリンであのパン屋、ヤンの店を捜してみた。

しかし、あのとき聞いた戦時中の住所はすでに無く、現在のどの辺りかを調べるのも大変だった。

それでも、何とかその近辺で、パン屋を捜したが見付けられなかった。ヤンとその家族のことも分らない。

ベルリンの凄まじい破壊の中、生きのびた確率は小さいだろう。——ヤンも、生きて帰れなかったのではないだろうか。

ミュンヘンでは、ソフィアたちを裏切ったビール好きのクラウス教授のことを、大学で訊いた。

戦争が終るとクラウスはナチに協力した戦犯として逮捕されそうになったが、その前に自ら毒をあおって死んだ。

〈白バラ〉についても、本で読み、やはりソフィアが判決の出た当日に処刑されていたことを知った。

もちろん、最後の時に、一人の日本から来た留学生がソフィアを訪れたとは書いていなかったが。

——古びたドアを苦労して開けようとしている老婦人がいた。

夕里子はその荷物を持ってあげた。

「ダンケ。ダンケシェーン」

と言って、老婦人は夕里子を見たが、「——日本の方ですか?」

と、日本語で訊いた。

「はい!」

夕里子はびっくりした。

「そう……。懐しいわ」

老婦人は、じっと夕里子を見ている。

「あの——お伺いしていいですか。この辺にマリア・クラインさんという方、いらっしゃいませんか」

老婦人が少し目を見開いて、

「マリア・クラインは私ですが」

と言った。

夕里子は思わず息をのんだ。

あの、ノイベルトの山荘から救い出した小間使のマリアなのだ!

「あなたは……昔、私の知っていた日本の女の子とよく似ている」

と、マリアは言った。

「それは私!」

と、夕里子は言いたかったが、それは無理だ。

「もしかして、ユリという子のことでしょうか」

「ええ！　ユリをご存じ？」

「私、ユリの孫です。夕里子といいます」

「まぁ！　――ユリはあなたのおばあさま！　何てことでしょう！」

マリアは、夕里子を急いで中へ招じ入れた。

そして、紅茶をいれてくれると、

「本当に、あなたはユリの若いころとそっくりだわ」

と、頰を紅潮させて言った。

「――あなたのこと、祖母から何度も聞きました」

「嬉しいわ！　ユリといつか会いたいと、日本語を勉強したのです」

「マリアさん。――お話のあった、婚約者の方、ペーター・シュテルンさんは、見付かったんですか？」

夕里子の問いに、マリアは表情を曇らせた。

「それは――悲しい話なのです」

「というと……」

「私は生き延びて、ナチに抵抗する運動を続けていました。そして、ある日、ペーターが生きていると知ったのです」

「まあ！」

「でも、ペーターは変っていました」

と、マリアは首を振って、「仲間を売り渡すことで、自由の身になったんです」

「じゃ、ナチの協力者に？」

「ええ。――ペーターを殺すしかない。それも、私の手で」

マリアは目を伏せて、「ナチが崩壊していく中で、ペーターは国外へ逃げようとしていました。私は自分の手で、ペーターを射殺したのです」

「――お気の毒でしたね」

「それだけでは終らなかったのです」

「といいますと？」

「私は戦後結婚して、二人の娘がいました。その一人が日本人男性と結婚してミュンヘンに住んでいたのですが——つい先日、殺されてしまったのです」

夕里子は青ざめた。

「もしかして——マリーエン広場で刺されたハンナさんのことですか？」

「まあ、ご存じ？」

「犯人を見ていて、知らせたのは私です」

マリアは夕里子の手をしっかりと握りしめた。

「何てふしぎな運命でしょう！」

「じゃ……ハンナさんがネオ・ナチに殺されたのは、マリアさんへの仕返し？」

「そうなのです。私がペーターを殺した、その復讐……。私を殺せばいいのに、娘が代りに……」


夕里子は、戦争がまだ終らないのだと感じた。憎しみは世代を超えて続いている……。

——夕里子は、なおしばらくマリアと話をしてから、その家を辞した。

マリアは涙ぐんで、何度も夕里子を抱きしめ、玄関の前で、いつまでも見送ってくれた。

夕里子は、角を曲って、足を速めたが——。

「やあ」

目の前に、信じられない人間が立っていた。

「——有本さん？」

一緒に車で沈んだはずの有本刑事だったのである。

「君は運が強い。しかし、それもここまでだな」

有本の手に拳銃があった。

「有本さん……。じゃ、車に爆弾を仕掛けたり、あのウェイターを殺したのは、あなた？」

「ああ。君らはどうせ眠ると思ってたんでね。人形を代りに置いて、車を走らせた。当然、爆弾で粉々になるはずが、一つが不発。——しかし、ここで君の幸運も終りだ」

有本が引金を引く。——銃声がして、アッという声と共に腕を押えたのは有本だった。

「——国友さん！」

と、夕里子は言った。

国友が走って来る。

「大丈夫か？」

「ええ」

「間に合って良かった！」

地元の警官が有本を連行して行く。

「——有本は、ネオ・ナチのメンバーだったんだ」

「信じられない……」

「川で、人形が見付かってね。当然、爆弾でバラバラになるはずだったんだろう」

国友は、夕里子の肩を抱いて、「やっと少し恋人らしいことができたよ」

「嬉しいわ」

夕里子は、国友を見上げて微笑んだ。「よく出張旅費が出たわね」

「自腹だよ」

「へえ！　じゃ、感謝の印」

夕里子は、国友を抱きしめてキスした。

ヨーロッパでは、あまり照れなくてすむ。

通りかかった犬が、

「ワン！」

と吠えた。

「ドイツ語で吠えな」

と、夕里子は言ってやった……。


（了）

〈参考資料〉
『ミュンヒェンの白いばら』山下公子（筑摩書房）

※初出誌＝「小説現代」'03年5月号〜'04年11月号

N.D.C.913　222p　18cm

三姉妹《さんしまい》、ふしぎな旅日記《たびにっき》　三姉妹探偵団《さんしまいたんていだん》20

二〇〇五年二月五日　第一刷発行

KODANSHA NOVELS

定価はカバーに表示してあります

著者―赤川次郎《あかがわじろう》

発行者―野間佐和子

発行所―株式会社講談社

東京都文京区音羽二-一二-二一

郵便番号一一二-八〇〇一

編集部〇三-五三九五-三五〇六

販売部〇三-五三九五-五八一七

業務部〇三-五三九五-三六一五

印刷所―大日本印刷株式会社　製本所―株式会社若林製本工場

ISBN4-06-182412-0